私の海軍体験記

木村 勢市
Seiichi Kimura

文芸社

目次

まえがき

先の大戦が終結して、すでに半世紀余りも経過した今になって、私は、自分の三年間の海軍体験記を執筆してみようと思い立ち、拙いペンを執った次第です。

読者の皆さま方に、私の拙い作文をご一読して戴きますれば、幸甚に存じます。

海兵団入団

昭和十七年五月一日、私は戦争の最中に、敢えて志願して海軍に入籍した。十九歳の時のことであった。

入団の前日の夕刻、私は同郷の楠本政雄と佐世保駅へ降り立った。新入団兵は、入団の前日までに必ず佐世保市へ到着していなくてはならなかった。

駅には、海兵団から、五、六名の下士官が出向いて来ており、駅へ降り立った新入団兵たちを、指定してある旅館へ案内していた。海兵団の方で市内の何軒かの旅館を予約してあったので、新入団兵たちは自由に宿泊してよかった。ただし、強制はしていなかったので、他所に宿泊してもよかった。

改札口を出た楠本政雄は、旅館を案内している下士官たちに聞かれないように私に、

「指定された旅館は気詰まりだから、他所に泊まろうか」

と耳打ちした。

しかし私は、指定された旅館に宿泊してもよかったが、せっかく彼が言うのを、無下に断るわけにもいかなかったし、それに最後の娑婆の夜でもあったし、入団前に娑婆の空気を満喫しておくの

もよかろう、と思って、彼の意見に従うことにした。その夜は、佐世保の街を彼に案内してもらい、かつて彼が海軍を志願するまで働いていた佐世保郊外の日宇の親方の家に宿泊させてもらった。

そして翌朝、私は楠本と集合場所になっていた矢岳練兵場へ急行した。

五月一日の佐世保の空は、あたかも新入団兵たちの前途を祝福してくれるかのような、雲ひとつない日本晴れであった。

矢岳練兵場は、海軍橋（現在は佐世保橋というそうである）を渡って、広い舗装路を少し行った右側の丘の上にあった。舗装路の左側には佐世保海兵団と集会所（下士官兵たちが飲み食いする場所）があった。ちなみに、准士官以上には『水交社』という施設があった。

私が楠本と馳せ参じた時は、すでに大勢の新入団兵たちが参集しており、各兵科を表示してある立て札の前に奉公袋や風呂敷包みを提げて長蛇の列をなしていた。

私と楠本も、いよいよここで別れなくてはならなかった。

「じゃあ、頑張れよ」

と言葉を交わし、楠本は兵科の列に、私は工作科の列に並んだ。

私たち工作科の新入団兵は、ある程度の人数が揃うと、下士官（後の教班長）に引率されて海兵団へ向かった。私は歩きながら、ついさっき別れたばかりの楠本の姿を捜していた。しかし大勢の新入団兵の中では、針の穴から天空を覗くようなものであった。

工作科と機関科以外は、佐世保郊外の相浦に新設されていた相浦海兵団に収容されることになっていたので、すでにトラックに積み込まれて運び去られていたのかもしれなかった。

楠本とはこの後、相浦海兵団で挙行された入団式の当日、ほんの二、三分ばかり言葉を交わしたのが、この世の最期の別れになってしまった。

私が楠本の戦死を知ったのは、負傷して現役を免除され、帰省して彼の家に挨拶に伺った時のことであった。彼はかねてから上海陸戦隊に憧憬していて敢えて戦争の最中に志願して海軍に入籍したそうだった。しかし、その希望も適わぬまま、艦船勤務を命じられ、惜しくも南の海に散華したのかもしれない。

彼は郷里を出発する何日か前に、私の家にやって来て、おれはもしもの時の形見に、爪を残して行くんだ、と言っていたが、おそらく彼は、その時からすでに靖国神社への途《みち》を歩き始めていたのかもしれなかった。

さて、下士官に引率されて海兵団の団門をくぐった新入団兵の私たちは、団門の正面奥にある煉瓦造りの庁舎の左側にある道路を奥の方へ行ったところにある六号兵舎に収容された。洗濯場を挟んで、機関科の新入団兵の兵舎があった。六号兵舎にはすでに先着組がいて、借りて来た猫のような落ち着かない態度で、食卓に腰掛けていた。中には、物珍しそうに兵舎内を眺めて回ったりしている者もいた。

新入団兵が全員揃った頃は、昼食の時間になり、分隊助手の古参兵が中央の通路に出て来て、

「おうい、飯を取りに行くから二十名ばかり集まれ」

と叫んだ。

しかし、まだ軍隊の怖さを知らない新入団兵たちは、鳩が豆鉄砲を食ったような顔付きで誰一人として古参兵のところに馳せ参じなかった。すると古参兵は、

「おい！　そこにいる者来い」

と苛立たしげに言って、手前の食卓にいた、私たちのグループが掻き集められて烹炊所へ引っ張って行かれた。

烹炊所内には、炊き上がったばかりの麦飯の匂いが充満していた。私は、この時になって初めて、下士官兵の食事は麦飯であることを知った。それも黒い麦飯であった。新入団兵たちが、琺瑯塗《ほうろうぬ》りの鉄《かね》の食器に山と盛られた麦飯を黙々と食っていると、教班長の一人が通路へ出て来て、

「どうだ……海軍の飯はうまいか？」

とニヤニヤしていた。

しかし、お世辞にもうまいとは言えたものではなかった。新入団兵たちが応答もせずに食っていると、教班長は、

佐世保海兵団にて。前列左から三人目が松尾熊次教班長。
筆者は後列右から三人目。

「そのうちに、うまくなるよ」

と、意味ありげに言って、教班長室へ入って行った。

教班長が言った言葉の意味は、その後に厳しい訓練が始められるようになってから、思い当たるのだった。

午後からは、佐世保海軍病院で、改めて精密検査が行われた。その検査の結果、不合格の烙印を押されて帰省する者も何名かいた。不合格者が帰省してしまうと、教班が決められた。私は第一教班に編制された。

第一教班の教班長は、善行章三本（特別に善行がなくても、海軍に三年在籍していれば一本着いた）の松尾熊次一等工作兵曹（昭和十八年に階級が改正されて、上等工作兵曹になる）であった。また彼は先任教班長でもあった。私は、見るからに底意地の悪そうな彼に好感が持てず、いけ好かない教班長だな、と思っていたが、その第一印象は、三カ月の新兵教育を終了するまで、私の脳裡から消え去ることはなかった。

ちなみに新兵教育分隊では、班を教班と言い、班長を教班長と言った。なお海軍の分隊は、陸軍だと中隊に相当するのだった。

教班が決まると、衣嚢《いのう》と称する長くて黒い袋が支給された。衣嚢には、新入団兵たちの真冬の水兵服や軍帽、半袖のシャツや股《もも》引き(海軍では袴下《はかました》といった)、靴や越中褌など軍隊生活に必要な一切の衣類が詰め込まれていた。

新入団兵たちは、教班長の指導で水兵服を着て帽子を被り靴を履いた。中には靴のサイズが合わない者もいて、その旨、教班長に申し出ると、

「足を、靴に合わせろ」

と教班長は笑っていた。

なんとか水兵服を着て帽子を被ると、

「向こうに鏡があるから、みんな自分の姿を写して見ろ」

と教班長は笑っていた。

新入団兵たちの水兵服を着た不格好な姿が可笑しかったのかもしれない。

工作科分隊は、第十一分隊と、第十二分隊になっていた。表の兵舎が第十一分隊で、裏の兵舎が

第十二分隊だった。その境の通路の第十一分隊側の壁に大きな姿見が取り付けてあった。新入団兵たちは、ポーズをとったりなどして、己の水兵服姿を写して見て互いに顔を見合わせてニヤニヤしていた。その恰好はまるで操り人形そっくりであった。しかし、新入団兵たちも、水兵服がピシッと身に着くようになると、一人前の水兵である。

水兵服を着ると、今度は釣り床の吊り方を教えられた。早速にその晩から釣り床に寝なくてはならなかった。ちなみに、下士官兵の寝床は釣り床であった。この釣り床でも、新入団兵たちは、釣り床訓練といって、嫌というほどしごかれた。わけても松尾教班長が当直の夜は汗みどろになってしごかれた。だが私の吊る位置は死角になっていたので、いつもずぼらしていた。

それに新入団兵たちは、喫煙も禁じられていた。ある日、教班長の一人が、兵舎の前に新入団兵たちを整列させ、

「たばこを喫《の》む者は手を挙げろ」

と言った。

しかし、一人も手を挙げなかった。すると教班長は、

「みんな手を前に出してみろ」

と言って、全員に手を前に差し出させた。前に手を差し出した右手の人差し指と中指には、大半の新入団兵がニコチン（当時のたばこは両切りだった）をこびり付かせていた。

それを教班長は、見て廻り、

「おまえたちは未成年だから、たばこは吸わせない」

とニヤニヤしながら宣告した。

この時、すでに民間ではたばこは配給制になっていたが、軍隊でも、陸上部隊は配給になってい て、新入団兵たちに配給されるのは、教班長たちが、ピンはねしていたのかもしれなかった。

しかし、入団前に喫煙していた新入団兵の中には、喫煙を禁じられていても、我慢しておれずに、隠して所持していたたばこを、厠《かわや》でひそかに喫んでいた。けれどもたばこは吸えば煙が出るので始末が悪い。それに下士官兵の厠は、真ん中にだけ扉が付いていて、上下はまる見えになっていたので、悠々と喫煙して出て来たところを、厠の外に待ち構えている教班長に、たちまち御用となる。隠れて喫煙したというだけで、罰直《ばっちょく》として、水を入れたバケツを胸の高さに捧げ持って許しがあるまで、何時間でも立たされていた。

新入団兵たちは入団して一週間ほどは、入団する際に着て来た衣服を家に送り返したり、支給された衣類に兵籍番号や氏名を書いたり、靴にナイフで氏名を刻んだりしていた。海軍には盗っ人が多いので、衣類にはすべて氏名を書いておかなければ、盗まれるのであった。それでも盗まれるのだから、始末に負えない。

身辺整理が済むと、相浦海兵団で入団式が行われた。入団式が終了すると、四等工作兵（後年には二等工作兵に改正される）を命じられた。だが四等兵には階級章はなかった。四等兵の代名詞は新兵であった。またの名を『カラス』と言った。

佐世保の餓鬼どもは、海軍の軍人に慣れているので、新兵たちが、教班長に引率されて外出した時は、『カラス・カラス』と口々にからかっていた。濃紺の水兵服に何も付いていないので、そう言ってからかうのであった。

入団式が終了すると、軍人としての訓練が始まった。まず初めは『徒手《としゅ》訓練』といって、気を付けして姿勢を正しくする訓練から始められた。中には、先天的だろうか、それとも入団前の職業のせいか、蟹股《がにまた》の新兵もいて、両脚をきちんとくっ付けろと松尾教班長に怒鳴られていた。しかし、もともと曲がっている脚は容易にくっ付かない。何度やり直しさせてもくっ付かなければ、ついには教班長が癇癪玉《かんしゃくだま》を破裂させ、顎《あご》をぶん殴られる。

それが終わると、今度は、歩調を合わせて行進する訓練が行われた。これも全員の脚がきれいに揃わなければ、何度でもやり直しを命じられた。曲がりなりにも、それが出来るようになると、今度は、敬礼のやり方が行われた。海軍の敬礼は、陸軍の敬礼とは、やり方が違うので、これも教班長の気に入るようにやるのは、容易なことではなかった。かつて青年学校に通っていたという、宮崎県出身の池田政弘は、海軍の敬礼のやり方を指導している松尾教班長に逆らって、

「青年学校では、こう習いました」

と言って、陸軍式の敬礼をやって見せ、

「ここは、青年学校ではない！」

と教班長に怒鳴り付けられて、往復ビンタを食らった。

余計なことを言わず、素直に松尾教班長の指導に従っていればいいものを、出しゃばり過ぎたばかりに痛い目に合わされてしまった。それ以来池田は、何かヘマでもやらかすものなら「おい、池田」と名指しされて教班長にどやし付けられていた。それに池田は、泳ぎも出来なかったので、いつも食卓の椅子で犬かきの稽古をやらされていた。

徒手訓練が終わると、今度は『執銃訓練《しつじゅう》』といって、小銃（鉄砲）の操作の訓練が行われた。この訓練も、第一教班の新兵たちは、並大抵の苦労ではなかった。教班長の担《にな》え銃《つつ》の号令で、小銃を肩に担いで、全員がきれいに揃わなかったら、何度でもやり直しを命じられた。捧銃《ほうじゅう》（前に捧げ持つ）の訓練の時も、全員がきれいに揃わなかったら、繰り返しにやり直しさせられた。曲がりなりにもそれが出来るようになると、今度は、小銃の先端に銃剣（俗にゴボ剣と言っていた）を着けて（着剣という）の訓練が行われた。要するに敵兵を突き殺す訓練である。

それらの訓練が一通り終わると、今度は、『銃剣術』の訓練が行われた。つまり防具を着けて長い柄の木銃《もくじゅう》を持っての訓練である。この訓練も、第一教班の新兵たちは、散々な目に遭わされた。

「えいっ！」

と掛け声をかけて、木銃を前に突き出すのだが、声が小さければ、

「気合が入ってない！」

と松尾教班長は怒鳴って、繰り返し、やり直しを命じる。

それでも己の気に食わなければ、ついには癇癪玉を破裂させ、防具を着けて木銃片手に広い練兵場を駆け足させる。燦々《さんさん》と降り注ぐ太陽の下《もと》を教班長の許しがあるまで、何周でも走り続けていると、ついには全員が精根尽き果てて次々にぶっ倒れてしまう。

こんな苛酷な仕打ちを受けるのは、私たち第一教班の新兵だけであった。他の教班は、たいして必要のない訓練なんか適当にして、木陰で休憩している。

一応銃剣術の訓練を終えると、班別の新兵同士の銃剣術の試合が行われた。試合が行われる前日の夕食の際、松尾教班長が、己は飯を食いながら、

「明日の試合に負けた者は、晩飯抜きだ」

と宣告した。

晩飯抜きというのは、彼が最も得意とするせりふで、新兵たちが何かヘマでもやらかすものなら、直ちに晩飯抜きを宣告していた。したがって第一教班の新兵たちは、常に戦々恐々としていた。晩飯抜きにされたら、新兵たちには、何も食い物はなかった。空き腹を抱えて寝なくてはならなかっ

た。

　それに彼は、先の大戦も必ず日本が勝つと信じていたらしく、勝負は時の運ではない。必ず勝たなくてはならない、といつも口癖のように豪語していた。もし松尾氏が、今でも存命なら、現在の心境を訊いてみたいものである。

　銃剣術の試合の当日、対抗する相手と私は木銃を構え、審判の教班長の『試合始め』の合図と同時に、一気に相手の喉元を目掛けて突きかかって、物の見事に一本とったので、その日の晩飯は、堂々と胸を張って食った。しかし、惜敗《せきはい》した新兵たちは、どうにか晩飯にこそ在り付けたものの、飯を食ってる間中、松尾教班長にくどくど御託を並べられていたので、せっかくの飯も、砂を噛むような思いがしたことだろう。

　日増しに訓練が厳しくなってくると、入団した当初、食いきれないほどだった麦飯は、初めからそんなシステムになっていたのか、それとも飯炊きの主計兵が意地悪するのか、配食される量はだんだん減らされ、満腹どころか、半腹にすらしなくなっていた。満腹感が得られなくなると、中には、烹炊所《ほうすいしょ》の残飯置き場に山積みしてある残飯を漁《あさ》りに行く新兵たちもいた。新兵たちが残飯を貪《むさぼ》り食っていると、豚のように肥えた古参の主計兵が、大きな飯杓文字《しゃもじ》を担いで出て来て新兵たちの尻《けつ》っぺたをどやしつけ、まるで蝿でも追い払うように追っ払っていた。

　また、ある新兵は空腹に耐えかねたらしく、古参兵に成り済まして、隠して所持していた金で、酒保にぜんざいを食いに行っていた。だが新兵の挙動は、古参兵たちには一目瞭然なので、直ちに教班長から兵舎へ引っ張って来られ、中央の通路に立たされて、バッター（野球のバットのような棒）の洗礼を受けていた。教班長が振り下ろすバッターが新兵の尻にバシッと食らい込むと、傍で眺めている新兵たちは、顔を背《そむ》けて目をつむっていた。すると立ち会っている教班長が、

「よく見ておけ！」

と怒声をとばす。

ついに殴打されている新兵は通路に伸びてしまった。すると冷水を浴びせかけて、また殴打していた。

新兵が酒保へ行くことは、入団した時から厳禁されていたので、私は酒保がどこにあるのかさえ知らなかった。

七月になると、カッター訓練が行われた。久し振りに広漠とした海原へ出られるのは、新兵の誰もが喜んでいたが、この訓練でも、第一教半の新兵たちは、地獄の責め苦に遭わされた。

手にあまる重くて大きなオールは、初めてオールを手にする新兵たちにはそう容易には漕げるものではなかった。漕ぎ方が悪ければすぐさまオールは波に取られてしまう。波に取られたオールはしょせん新兵一人の手に負えるものではないので、勢い松尾教班長に手助けしてもらわねばならな

かった。

教班長も初めのうちは癇癪玉も破裂させず、眉間に立て皺は寄せながらでも手助けしてくれていた。しかしそれにも限度があった。何度でも失敗をやらかしていると、ついには癇癪玉を破裂させ、

「こら、貴様！」

と怒鳴り付けるや否や、樫の木の水棹《みざお》で、西瓜《すいか》でも叩き割るように新兵の頭をボカボカ殴り付ける。殴られた瞬間、目から火が出るようである。いや、実際に火花が飛び散る。

他の教班では、時には休憩しながらのんびり訓練しているのに、第一教班の新兵たちは、手には豆を幾つも作り、頭には瘤《こぶ》の山を築き、褌は、尻の皮が破れて滲んだ血で真っ赤に染め、オールが折れるように漕がされる。

広い海原で訓練していると、時には、他の教班のカッターと並ぶことがあった。そんな時には、決まって競漕になる。競漕になると、第一教班の新兵たちは、それこそ汗みどろになって漕ぐのであった。万が一相手の教班のカッターに負けでもしようものなら、命のある限り、根限り漕がされた揚げ句の果てには、晩飯抜きにされるのは必定であった。そして競漕は、初めから企画されていたように必ず第一教班が勝利を収めていた。

もちろん競漕相手のカッターの教班長が、松尾教班長の性格を知っているので、敢えて勝ちを譲ってくれるのだった。競漕が行われた日の夕食の際、松尾教班長が食事を済ませて教班長室へ消える

と、競槽したカッターの教班長が第一教班の食卓に来て、

「今日は、おまえらに花を持たせたのじゃ」

と言って、笑っていた。

やがて新兵教育が終了する頃、艦務実習というのが行われた。艦務実習というからには、軍艦に乗り組んで航海訓練が行われるもの、とばかり私は思っていた。しかしそれは私の思い違いだった。軍港の岸壁に係留してあるぼろ艦《ぶね》で、艦務実習じゃなく、見学するだけだった。

艦務実習は、二教班が一組になって二日間だけ行われた。それでも海兵団で地獄の責め苦に遭わされていた第一教班の新兵たちは、「鬼の松尾」の顔を見ずに済んだので、まさにこの世の極楽であった。というのは、松尾教班長は先任教班長という職責上、艦務実習には参加せず、私たちのグループには、第三教班長の広津太郎上等機関兵曹（上機曹）が指導員として参加した。だから第一教班の新兵たちは鬼のいぬ間に洗濯が出来た。

「この軍艦は、日清戦争の時に支那（中国）から分捕ったのだ」

と広津教班長が誇らしげに説明した。

広津教班長と第二教班長の徳丸上機曹は、ユーモリストだったので、二人が当直の夜はジョークをとばして、新兵たちを抱腹させていた。だから新兵たちは二人の教班長を兄のように慕っていた。

新兵教育もいよいよ終わりに近付いた頃の夕食の際に、松尾教班長が食事しながら実施部隊に出

は、食事中に松尾教班長が話をする時は、てからの心構えなど、しんみり話して聞かせた。それまでは、食事中に松尾教班長が話をする時は、新兵たちは、箸を置いて神妙な態度で聞いていなくてはならなかった。それが珍しくその夜は食事しながらでいいからと言って、しんみり話して聞かせた。だが新兵たちは、いまさら何をぬかすとばかり、馬耳東風に聞き流していた。

工作学校入校

地獄の責め苦に合わされた新兵教育もいよいよ七月で終了した。終了式は、やはり相浦海兵団で行われた。階級も三等工作兵に進級した。三等工作兵に進級して初めて階級章も着いた。もう、『カラス』ではなくなった。

終了式の当日、私は楠本政雄にひと目会いたかったが、あいにく時間の余裕がなくて、惜しくも面会することは出来なかった。

終了式も、行く時はトラックで運ばれたが、帰途は、砂埃の舞う炎天下のおよそ四キロの道程《みちのり》を徒歩であった。そのため、第一教班のひ弱な井上は熱射病に罹り、海兵団の裏門を入る際に、教班長の歩調とれの号令もかからないのに、彼だけ不意に手足を同じに揃えてオイチニをやり始め、驚いた教班長たちは、慌てて海兵団の医務室へ抱えて行った。

七月三十一日の午前八時、練習生として、久里浜の海軍工作学校へ出発する三等工作兵たちには、松尾教班長の他に、二、三名の教班長が添乗して行った。しかし私は、車両が違っていたこともあって、松尾教班長とは一度も顔は合わせなかった。もちろん学校へ着いてからも、指定された兵舎に落ち着くと、仲間たちは、教班長に別れの挨拶に行くといって校門まで行っていたが、私は兵舎か

工作学校本部

ら動かなかった。

他所《よそ》の海兵団にも、松尾教班長のような意地悪な教班長がいたらしく、呉海兵団から来ていた兵隊は、

「あいつの顔は、二度と見たくない」

と言って、仲間たちはみんな挨拶に行っていたが、彼だけは兵舎から動かずにいた。

後日、私が人伝てに聞いた話では、私たちのクラスが新兵教育を終了し、退団してすぐに松尾教班長は教班長職を解かれて駆逐艦乗り組みを命じられたそうであった。駆逐艦は潜水艦のように、常に危険が伴っていたが、果たして無事に復員したものか、むろん私が知る由もなかった。

さて、話しは飛ぶが、私たちが列車で神戸の須磨の海岸を通り過ぎる際に、海水浴をしていた女学生さんたちがワーッと喚声を上げて駆け寄って来て、しきりに手を振っていた。当時の海軍の粋な水兵さんは、女学生さんたちに、持て囃《はや》されていたものであった。

『粋な水兵さんには、金がない。かといって金ある下士官は、爺臭《じじ》い』

当時の海軍には、こんな戯《ざ》れ歌もはやっていた。

横須賀・呉・佐世保・舞鶴の各海兵団から入校して来た練習生たちは、入校してすぐに適性検査が行われ、私は、舟艇専修科分隊に配属された。

舟艇専修科分隊の教育科目は、潜水術や、木工術の他に、飛行機の羽布の補修術などの教育も行われた。ただしこれはあくまで基本教育であった。練習機の他に軍用機には布の羽根の飛行機はなかった。だから私は、実施部隊へ出てからも、飛行機の羽布を補修したことは一度もなかった。

練習生の教育が始まって程なく、川崎市の飛行機工場へ、女子工員さんたちが飛行機の羽布を補修するのを見学に連れて行かれた。女性は手先が器用なので、その手捌きは実に見事なものであった。私なんかにはとても真似の出来るものではなかった。こんなところでも女性が戦争の一翼を担っていた。

ちなみに学校では、班のことを『訓育班』といった。また、班長は教員も兼ねていた。だから、教育をうける時と、そうでない時は呼び方を変えなくてはならなかった。なお、私たちは第五訓練班で、班長は一等工作兵曹（後の上等工作兵曹、惜しくも、氏名は失念した）だった。

工作学校にて。中央に座しているのが班長。
筆者は後列右から三人目。

なお、私たちが入校した当初の分隊長は、（氏名は失念した）色の浅黒い精悍で小柄な特務大尉だった。しかし彼は、私たちが入校して程なく南方戦線へ転出した。

『南十字星の見えるところへ来ている』
と分隊宛てに葉書が届いた。

果たして無事に帰還したものか……？

彼の後任に来た分隊長はチョビ髭を蓄えた肥満体の温厚な特務大尉であった。分隊士も代わり、後任には温厚な兵曹長が着任した。それに先任教員も代わり、私たちが入校した当初の先任教員は、善行章三本の温厚な鈴木一等工作兵曹だったが、彼は間もなく舞鶴の機関学校へ専修科学生として転出した。機関学校を卒業すれば、すぐ兵曹長（准仕官）になるそうであった。

しかし専修科学生には、よほど優秀な下士官でなければ選抜されないそうだった。

だから前の分隊長は、鈴木先任教員が発つ際に見送りに整列した練習生たちに、

「みんなも一生懸命に勉強して、鈴木教員のような立派な軍人になるように……」

と訓辞していた。

鈴木教員の後任に来た先任教員は、善行章四本の山賊みたいな面構えをした稲垣という一等工作兵曹であった。しかし彼は面構えに似合わず、気性は竹を割ったようだったので、新兵教育当時の松尾教班長のように、練習生たちに対しては、決して暴力は振るわなかった。

練習生になって、何より嬉しかったのは、外出が許されたことだった。もっとも外出が許されるのは練習生になったからではなく、三等兵に進級したからで、練習生でなくても外出は許された。新兵教育当時、娑婆の空気を吸ったのは、二回の引率外出の時と、新兵教育を終了する頃に許された、自由外出の時だけであった。だが学校では、土曜日と日曜日と祝祭日は、半舷外出といって、各班が二組に分かれて、外出が許された。

土曜日の外出は、昼食後から夕食時までになっていたので、あまり遠方へは行けなかった。しかし日曜日と祝祭日の外出は、朝食後から夕食時までになっていたので、かなり遠距離まで遊び歩けた。だから私は、日曜日や祝祭日に外出する際は仲間たちと東京は宮城（当時の宮城は二重橋の堀

の手前から眺めるだけだった）を始め、銀座や高輪の泉岳寺や大船の撮影所、鎌倉の大仏さんなどを見学して廻った。

海水浴シーズンの江ノ島へ遊びに行けば、女学生さんたちから、ボート漕ぎを頼まれることもあった。ボート漕ぎは、松尾教班長にいやというほどカッター訓練でしごかれていたので屁《へ》の河童《かっぱ》であった。私にとってカッター訓練が役に立ったのは、この時だけだった。実施部隊に出てからはカッターを漕いだことは一度もなかった。結局、松尾教班長にしごかれたカッター訓練は何の役にも立たなかった。

しかし、悲しいかな新三等兵の練習生には外泊は許されなかった。外泊が許されるためには、もっと年数を経るか、それとも階級が上がらなくてはならなかった。だから、口の悪い班長（教員）たちは、外出しても夕方には帰校する練習生たちを『にわとり』と言って、からかっていた。にわとりは夕方にはねぐらに戻って来るので、そう言って、からかうのであった。

しかし日帰りの外出でも、一応練習生たちには下宿もあった。学校の方で周辺の民家の一室を借りてくれていたので、泊まれなくても、休憩することは出来た。第五訓育班の下宿は海辺の近くにあった。下宿の前の砂浜には、一八五三年（嘉永六年）六月に浦賀に来たアメリカ提督ペリーの記念碑も建っていた。その記念碑をバックに、同じ訓育班の仲間たちと写真も撮った。

練習生たちが外出して困ることは、帰校して飯が食えないことであった。いや、食わせてもらえないのではなく、食えないのだった。外出した練習生は夕食は必ず学校で食わねばならなかった。しかし、まだ新兵気分の抜けきっていない練習生たちは、外出すると、何はさておいて集会所（下士官兵たちが飲食する施設）へ走り、カレー・ライスなどを食ってからお菓子を買い込んで下宿へ行き、おばさんが用意してくれているお茶を啜りながら、またお菓子を食うのである。もちろん、おばさんにも分けてやる。この頃すでに民間には甘い物は枯渇していた。しかし、下宿のおばさんたちは、いつも練習生たちからもらっているので、さして喜びもしなかった。当たり前のような顔付きをしていた。

そのため外出した練習生たちは、帰校する際は満腹になっているので、帰校して食卓に用意してある飯を見ただけでうんざりする。それでも一応食卓に着いて食わなくてはならない。班長が外出している時は食わずに済まされるが、班長が当直している時は、班長の手前、無理にでも食わなくてはならない。

学校の飯は、海兵団の飯より量も多くて、そのうえ美味いのである。わけても土曜日と日曜日には、多くの下士官兵たちが外出するので、各分隊に配食する飯の量も多いので、盛ってある飯は、とても食いきれるものではない。それでも食わねば、班長の目が光っている。

学校の班長たちは、教員に選抜されるだけあって、さすがに紳士で、海兵団の教班長のように怒鳴ったり、殴ったりはしなかった。しかし、三等工作兵ともなれば、良心の呵責があった。だから、

工作学校にて潜水術訓練風景

無理にでも食おうとする。それでもなお食いきれない時は、班長の目を掠《かす》めて外出しなかった仲間に助けを求める。しかし外出しなかった仲間も、土曜日曜の午後からは酒保も開いていて、ぜんざいなど自由に買って食えるので、新兵当時のようにガツガツしていない。だから、他人の飯まではとても引き受けきれない。

さて、話は脇道にそれたが、学校の教育は軍事訓練より、技術教育に重点をおいていたので、軍事訓練は、教育期間中に二、三回行われただけだった。そして学校を卒業する直前に、野外演習が一度行われただけであった。だから私はそれ以降は一度も小銃を手にしたことはなかった。

舟艇専修科分隊では、潜水術の訓練も行われた。つまり潜水服を着けて海に潜る訓練であった。舟艇

工作学校にて潜水術訓練風景

専修科の必須科目の中で、最も楽しかったのが、この訓練であった。分隊が一個班ずつに分かれて大きな団平船に乗り、タグボートに曳航され、久里浜の沖合に出るのは実に気分爽快であった。

潜水訓練はまず、深度十メートルの海域で行われた。だぶだぶの潜水服を着て、重くて大きな潜水兜を被り、底に鉛の付いた重くて大きな靴を履き、胸の前後には鉛の錐《すい》を括り付け、ホースを曳いて海中へ潜るのは、決して感じのいいものではなかった。しかし、一度潜って要領が分かれば、全く恐怖感はなく、むしろ面白いぐらいだった。

深度十メートルの海域での潜水訓練に熟練すると、少しずつ深い海域へ移動していった。しかし熟練してくると、深度の差は全く感じなくなった。十メートルも二十メートルの深度も同じ感覚だった。しかし、潜水訓練は危険を伴うので、慎重に行われた。

潜水して海底に到着すると、まず団平船の上の教員に、潜水兜の電話で「海底到着」と報告する。そして、教員の指示で海底を歩き廻る。当時の久里浜の海には魚介類が豊富に棲息していたので、潜水した練習生が歩いていると、魚たちが群れをなして近寄ってきて練習生の周りを泳ぎ回る。潜水兜のガラスをつつく厚かましいのもいるので、手でつかもうとすると、素早く逃げてしまう。そして、また近寄ってくる。また、海底を歩いていると、時にはアワビやサザエなどを見付けることもある。アワビを見付けると、潜水兜の電話で、

「アワビを見付けましたから採ります」

と教員に報告し、団平船の気畜器から送られてくるエアを潜水兜の調節弁で調節しながら、腰に差している短い棒で採取するのである。アワビを見付けた際に、団平船の上の教員に報告すると、

「おお、ええぞオ」

とご満悦な応答が返ってくる。

一日の訓練には、かなりの量の獲物を採取していたが、練習生たちの食卓に載ることはなかった。所帯持ちの教員たちが山分けして持って帰っていたのかもしれない。

潜水術の訓練は、慣れてくると船遊びでもしているような感じだった。しかし、油断は禁物であった。アワビなんかを採るのに夢中になり、うっかり潜水服のエアを調節するのを忘れていると、団

平船の機畜器から送られてくるエアは潜水服にどんどん溜まり、虎河豚《とらふぐ》のように膨らんで、潜水兜の調節弁に、頭が届かなくなって一気に海面に浮上して大の字になってしまう。

そうなると、未熟な練習生はどうにも出来ないので、団平船に引き寄せて教員がエアを調節して、いったん海底まで降ろし、徐々に浮上させる。海面と海底では、気圧の差があるので、一気に引き揚げると潜水病に罹るのである。だから潜水術の訓練は、慎重に慎重を重ねて行われていた。

潜水術の訓練期間中は、教員たちも、練習生たちの健康を気遣って、先任教員が代わってから、時たまやらせていた釣り床訓練もやらせず、夕食も早く済まさせ、夕方から寝かせてくれた。

潜水術の訓練期間中、舟艇専修科の練習生たちが早くから釣り床を吊って寝ていると、他の分隊の練習生たちは、

「舟艇分隊は、いいなア」

と羨ましそうにしていた。

ところで、第五訓育班の練習生の中には、潜水するのを怖がって絶対に訓練しないのが一人いた。呉海兵団から来た『堀田』というおっさんのような、髭面で吃音の練習生だった。

潜水術の訓練は、一人ずつ順番に行われていたので、堀田の番になり、仲間たちが潜水服を着させてやろうとすると、身震いして団平船の中を逃げ回り、絶対に潜水服を着ようとはしなかった。

「堀田、次はおまえの番だぞ」

と教員が言うと、彼は、

「わ、わ、わたくしは、い、い、いいです」

と顎を震わせて言って、頑なに潜水するのを拒んでいた。

興奮すると、よけい言葉がつかえていた。それでも仲間たちが、面白がって潜水服を着せようと追い回すと、顔面を真っ青にして逃げ回っていた。狂ったように堀田が逃げて回るのが、教員も可笑しいらしく、顔をほころばせて、堀田を眺めていた。もちろん教員は、強制的には潜水はやらせず、堀田の自由を黙認していた。だから堀田は潜水術の訓練はしないで練習生を終えた。しかし成績は、その分だけマイナスになったはずであった。

練習生の採点は減点法になっていたので、堀田のように潜水術の訓練をしなかったり、その他の実技や学科の成績が悪ければ、その分だけ減点されるのだった。むろん潜水術の訓練も、最後の訓練の際にテストが行われた。私のテストの際は、潜水して海底に到着した途端に大きなアワビが見付かったので、

「アワビを見付けましたから、まずアワビを採ります」

と教員に報告して、

「おお、いいぞオ」

と教員の応答があってからアワビを採ってテストを受けた。

したがって私の潜水術の成績は、アワビを採った分だけプラスになったかもしれなかった。いや、これは私の手前味噌である。

練習生には『分隊点検』も行われていた。一個分隊の練習生を校庭に整列させ、教頭が練習生を検閲して廻るのだった。そして抜き打ち的に練習生を指名して、所轄と官氏名を名乗らせるのであった。指名された練習生は姿勢を正し、例えば、

「佐世保鎮守府、海軍三等工作兵、何野太郎兵衛！」

と大きな声で申告する。

時の校長は、先の大戦が勃発してから応召された頭髪の白くなった『朝隈彦吉海軍中将閣下』だった。しかし教頭は、現役の大柄な恰幅のよい『坂上富平海軍大佐』であった。威厳のある風貌は怖いような感じであった。そのため練習生たちは、ガチガチに緊張しているので、抜き打ち的に教頭に指名されると、一瞬、言葉に詰まる練習生もいた。

そして検閲後の講評で、佐世保の練習生が一番言葉がはっきりしていると誉められた。横須賀の練習生はズーズー弁が多くて言葉が分かりにくい、と酷評された。

教頭の批評のように、練習生同士で話していても、ズーズー弁は聞き取りにくかった。マッチでも、マッツと言っていた。喫煙所でズーズー弁の練習生が、

「おい、マッツを貸せ」

と言うので、

「おれは、マッツは持ってないよ」

とからかっていた。

分隊長も、後任の分隊長はやはりズーズー弁だったので、講話を聞いていても、半分は聞き取れなかった。分隊士も、やはり後任の分隊士はズーズー弁だった。彼は『座学』といって、兵舎とは別な教室で、数学を教えていた。しかし、この授業の時も、何を話しているのか、皆目私には聞き取れず、分隊士が黒板に書いたのを、ノートしていた。

学校の教員（班長）は、各所轄の下士官が選抜されて来ているので、分隊点検の際に、教頭に酷評された横須賀鎮守府（略して横鎮といった）所轄の教員の中には、佐鎮所轄の練習生が何かヘマでもやらかせば

「佐世保の兵隊は、優秀だからな」

と皮肉を言っていた。

海軍の下士官兵は教員といえど所轄意識が強かったので、同じ所轄の練習生を、教頭に虚仮《こけ》にされたのを快く思っておらず、佐世保の練習生たちに、皮肉を言っていたのかもしれなかった。

工作学校の運動会

秋口になると、学校では、学校に勤務している軍人たちの家族や、周辺の民間の家族の皆さん方を招待して、運動会が開催された。競技種目は、教官たちと教員たちのたばこの火点け競争、教員たちの自転車競争、軍人の奥さん方の人捜し競争、練習生たちの紅白に分かれてのリレー、民間の奥さん方と練習生の二人三脚など、多種目にわたって、夕方まで賑やかに行われた。ちなみに、私は娘さんと二人三脚に出場した。しかし、同じ訓育班の仲間たちに冷やかされて上がってしまい、途中でずっこけて惜しくもどん尻になった。その娘さんとは、私が外出した際に奇しくも町で邂逅《かいこう》し、ご自宅へ招聘されて歓待された。そのお礼に、時たま私は集会所でお菓子など買って持参して、お邪魔させて頂いていた。しかし私が実施部隊へ出てからは、惜しくも一度もお逢いするチャンスはなかった。

やがて冬季になると、学校では、寒稽古が始まった。夜明けと同時にたたき起こされ、凍てつくような寒さの校庭を肌シャツ一枚で駆け足したり、柔道や剣道や天突き体操や、寒々としている屋内での、ハンマー

工作学校の寒稽古風景

の空振りなどが行われた。

久里浜の夏は、海辺が迫っているせいか、そんなに暑さは感じなかった。しかし、冬の訪れは早く、雪はめったに降らなかったが、肌を刺すような空っ風が吹きすさび、早朝の校庭には霜柱が立ち、歩けばバリバリと音がした。

元来私は寒いのは苦手なので、二、三日も寒稽古を続けていると、ついに音《ね》をあげ、

「頭が痛いから……」

と仮病を班長に申し立て寒稽古を休ませてもらった。

むろん班長は、私の仮病は疾うに見抜いていた。しかし学校の班長は、何事によらず、決して強制はしなかった。ある程度のことは練習生の意志に任せていた。しかし成績は、その分だけマイナスになるのであった。

ちなみに新兵教育の時の成績もそうだが、練習生の時の成績も、海軍に在籍中、ずっと付きまとうのである。だから、あまりズルをしていると、将来の進級にまで影響するのであった。

しかし仮病も、必ずしも楽ではなかった。病人だからといって、寝かせておいてくれるわけではなかった。朝は、早朝から寒稽古に出る仲間たちと一緒に起床し、全く火の気のない底冷えする兵舎で、寒稽古が終わるまで震えていなければならなかった。

「こんな寒い思いをするぐらいなら、いっそ寒稽古に出た方がましだった」

と仮病を使って寒稽古をサボったことを、私は後悔していた。

あまりの寒さに、ついに私はたまりかね、仲間の病人（彼らは本物の病人）たちが、

「おい、怒られるから止めとけ」

と制止するのは耳にもせず、中央の通路に三個備えてあるストーブのうち、私たちの食卓の傍のストーブを焚き付けにかかった。

この頃、すでに石炭は欠乏していたので、校内の廃材を拾い集めて、ストーブの燃料にしていた。しかし、慌てて焚き付けたので、なかなか燃えず、燻《くすぶ》るばかりであった。兵舎内には燻る煙が充満していた。それを、何とかして旨く燃やそうと、ストーブの中を掻き回していると、思い掛けなく当直教員が巡回に来た。

迂闊なことだったが、寒稽古の期間中は、当直教員が各兵舎を巡回しているとは、私は知らなかっ

た。そうと知っていれば、いかに愚かな私でも、浅はかなことはしなかったのだが……。

それで仲間の病人たちは、私がストーブを焚くのをを制止したのだろう。しかし、当直教員が巡回に来るとは、私には一言も教えてくれなかった。

兵舎に現れた当直教員は、煙の燻っているストーブを見ると、何も言わずにストーブの蓋を持ち去った。兵舎を出て行く当直教員の後ろ姿を、私は唖然とした顔で眺めていた。むろん謝っても無駄なことは、分かり切っていた。謝って許してくれるぐらいだったら、端《はな》からストーブの蓋は持ち去らない……。

当直教員の姿が消え去ると、病人たちは、私を睨みつけ、

「見てみろ、おまえがいらんことをするから……」

と口々に私を罵った。

「えらいことになった……」

病人たちが罵るのも上の空に、私は悄然としていた。

ストーブの蓋一つといえど、大事な備品である。それに、蓋がなければストーブも焚けないし、寒稽古に出ている仲間たちに、寒い思いをさせる。私は重大な責任を負う羽目になった。いったい、どうすればいいだろうか……。しかし、いくら知恵を絞っても名案は浮かばない。私は、思案に暮れた。

やがてそうこうしているうちに、寒稽古に出ていた仲間たちが寒さに躰を震わせながらどやどや戻って来て、ストーブを焚きつけにかかった。しかし、ひとつのストーブは蓋がないので、焚けない。

「おい、ストーブの蓋がないぞ」

私の訓育班の仲間たちが騒ぎ出した。

万事休す。私は恐る恐る教員室の班長に、ストーブの蓋を持って行かれたことを報告に行った。もちろん顎の二、三発はどやされる覚悟であった。しかし班長は、どやしもしなければ、怒りもせず、

「探して来い」

と言った。

しかし探して来いと言われても、そこらにストーブの蓋が転がっているわけでもなく、どこから探して来たらいいのか、見当も付かなかった。探して見付かるぐらいだったら、初めから恥ずかしい思いをしてまで報告には行かない。その前に探して来ていた。

軍隊は不思議なところで、所持品を盗まれたり、紛失したりすると、

「探して来い」

と言うのが、決まり文句であった。

つまりどこかのを差し繰って来いと言うのであった。早い話が、盗んで来いと言うのである。

しかし、たかが三等兵の分際で、どこから差し繰って来ればいいのか、見当も付かなかった。そんな才覚があるぐらいなら、疾《と》っくに差し繰って来ていた。しかし、探して来いと言われたからは、泣き言は言っておれなかった。

いろいろ悪知恵を働かせて、ふと思い付いたのは、隣接している高等科練習生の兵舎から探して来ることであった。

本来なら、もう仮病に懲《こ》りて、翌朝からは寒稽古に出たかったのだが、ストーブの蓋を探して来るには、厭でも、もう一日は病人になっていなくてはならなかった。

そして翌朝、仲間たちが寒稽古に出払ってから、これらも寒稽古に出払っている高等科練習生の兵舎に、抜き足差し足忍び足で忍び込んで行って、ストーブの蓋を一つ失敬して来た。

ストーブの蓋を探して来たことは班長には黙っていた。班長も、どこから探し来たのかとも訊かなかった。海軍では、他の分隊から盗んで来ても、員数さえ揃っていれば文句はなかった。盗まれたら、盗み返す。それが、かつての海軍の実態であった。

だから石川五右衛門のせりふじゃないが、浜の真砂は尽きても海軍に盗っ人の種は尽きなかった。

昭和十八年に下士官兵の階級も改正され、下士官は、上等・一等・二等兵曹に、兵は、兵長・上等・一等・二等兵（新兵）になり、下士官兵の階級章も、下士官の帽子の徽章《きしょう》もデザインが変わった。また下士官は、士官のように短剣を吊るようになるらしい、という噂も流布していた。しかしこれは立ち消えになった。

実施部隊へ

昭和十八年一月下旬、六カ月の学校生活を終了した練習生たちは、いよいよ実施部隊へ巣立つことになった。

舟艇専修科分隊の練習生たちは、卒業式を終えると同時に櫛の歯が欠けるように次々に命じられた勤務地へ巣立っていった。練習生が減少した訓育班は、二つの班が、一つの班に合併し、夜の釣り床も疎らになり、いかにも寒々とした感じであった。

練習生たちが逐次学校を後にすると、それまでの喧噪が嘘のように兵舎内は水を打ったように静まり返っていた。勤務先がまだ決まらずにいる練習生たちは、毎日することもなく一日千秋の思いで転出命令を待ちわびていた。

中には、学校の定員分隊に定員として残留する練習生もいた。

私は特設水上機母艦君川丸乗り組みを命じられた。

この時、日本海軍の艦艇はアメリカ海軍の飛行機や潜水艦にことごとく撃沈されて払底していたので、船会社の大型商船を徴用して水上機母艦や輸送船に改装していた。

舟艇専修科分隊から君川丸に転出するのは私だけだった。

「他に木型分隊から、築地というのが一緒に行くから……」

と班長は言った。

君川丸は横須賀軍港に停泊していたので、出発する日に班長が、

「横須賀の逸見《へみ》波止場に、君川丸から迎えに来るから、波止場で待っているように……」

と親しく説明してくれた。

そして正午過ぎに「しっかり頑張れよ」と班長に激励され、衣嚢を担いで築地と学校を後にした。

水兵服の左の袖には普通科工作術練習生の課程を終了した証《あかし》の一重桜の黄色いマーク（左マークとも言う）が燦然《さんぜん》（？）と輝いていた。

近道するため山越えして、やがて波止場に着いた私と築地は、期待に胸をときめかせて迎えに来る艇《ふね》を待っていた。しかし、桟橋には内火艇や大発などが頻繁に発着しているが、私たちを迎えに来る艇は、一向に現れる気配はなかった。

やがてそうこうしているうちに日は暮れてしまった。日没と同時に、停泊している軍艦から軍艦旗降ろしのラッパが一斉に吹奏され始めた。勇壮に吹奏しているラッパの音は、港内いっぱいに響き渡っていた。

迎えに来てくれる艇を待って桟橋に佇立している私と築地は、直立不動の姿勢で、無数に降ろされている軍艦旗のどれにともなく挙手の礼をしていた。

ちなみに軍艦旗は、午前八時から日没まで掲揚していた。そして日没に軍艦旗降ろしのラッパが吹奏されると、海軍の軍人は、たとえ歩行中でも、その場に直立して、挙手の礼をしなければならなかった。それが、海軍の規則であった。

やがて軍艦旗降ろしのラッパが鳴り止んでしばらくしていると、私と築地が佇んでいる桟橋には、上陸員を満載した大発や内火艇が次々に疾走して来て上陸員を降ろすと、私と築地には目もくれず、走り去ってしまう。

冬の日は暮れるのが早いので、港内は墨を流したような闇に包まれてしまい、上陸員を運んで来る艇も疎らになった。それらの艇も私と築地は見向きもせず走り去ってしまっていた。やがて港内は静まり返ってしまった。それでも、私たちを迎えに来てくれる気配はなかった。

私は不安と焦躁に駆られ、築地を促して、港の奥の方にある港湾警備隊へ駆け込んで、先任下士官と思える上等兵曹に、私が事情を説明すると、彼は豪快に笑いながら、

「おまえたちは、波止場を間違えていたのだ……」

と言った。

下士官の話では、横須賀軍港には、波止場は二カ所にあるそうで、私たちは違う波止場で待っていたのだった。そのため何時間待っていても、迎えの艇は現れなかったのだった。

私も迂闊だった。逸見波止場で待っているようにと班長に言われた際に、逸見波止場はどこにあ

るのか訊きもせず、軍港に波止場は一カ所しかないものと早合点して、のこのこ出て来たのがそもそも間違いのもとだった。

しかし迎えに来た艇員も浅はかであった。相手は学校を出たばかりのヒヨッコだから、指定した波止場にいなければ、他の波止場を探してくれたらよかったのに……。

私が築地と悄然と立っていると、さっきの下士官が、部下の兵隊に、

「おい、君川丸が停泊しているか調べてみてやれ」

と命じた。

兵隊は「はい」と言って、即座に発火信号でガチャッ、ガチャッと信号を送っていたが、直ちに君川丸から応答があったらしく、

「停泊しております」

と下士官に報告した。すると下士官は、

「ここに迷子の兵隊が、二人来ているから、迎えに来いと連絡してやれ」

と笑いながら兵隊に命じ、

「ここに迎えに来るから待っていろ。ところで、おまえたちはいったいどこから来たのか?」

と私に笑顔を向けていた。

私が工作学校を卒業して来ましたのです、と言うと、下士官は、

「そうか。それじゃあ波止場を間違えるのも無理もないな」

と微笑っていた。

間もなく君川丸から迎えの大発が来ると、私は面倒をかけた下士官に厚く礼を言って、君川丸へ行った。下士官のおかげで、迷子にならずに済んだ。

やがて君川丸に着いて、私が築地と衣嚢を担いでタラップ（舷梯）を上がって工作科へ行った時は、すでに七時を過ぎていた。

工作科の居住区へ行ってみると、私たちの食事まで用意して、みんなが心配そうな顔で待っていた。私が、工作科の下士官たちや、機関科の特務下士官に遅くなった理由《わけ》を説明すると、みんなが抱腹していた。

君川丸は、私たちが乗艦したその翌朝にはもう北方戦線へ、横須賀軍港を出港した。

もちろん、私と築地には初航海であった。

「千島列島へ行くんだ」

と私たちに一期先輩の森田一等工作兵が、先輩面して説明した。

彼は、工作科分隊の金工班員であった。

軍艦君川丸は、第五艦隊の第一水雷戦隊に所属しており、北方領土（パラムシロ島や、シュムシュ島）に駐屯している部隊へ、軍需物資や飛行機の輸送、水上偵察機での対潜哨戒（敵潜水艦の警戒）、学徒出陣の新米搭乗員たちの飛行訓練などを行っていた。

この時、すでに君川丸は何度も北方戦線へ航海を続けていたそうであった。

私と築地は乗艦したその翌朝から木工班の食卓番はもちろん、下士官たちの身の回りの世話から居住区の清掃や、その他のすべてのことをやらなくてはならなかった。それが、下級兵に課せられた任務であった。

木工班にも森田と同期の一等工作兵の吉川というのがいた。しかし彼は、士官室の従兵（士官たちの食事の支度や身の回りの世話をする）をしていたので、私たちが配属されるまでは、河北という兵長が食卓番もしていたらしい。彼は、昭和十五年一月の徴募兵で、工作科では最古参の兵長だった。木工班には、河北の他に召集兵の堀之内という頭の禿げた四十年配の兵長がいた。しかし彼は、昼間はどこかへ雲隠れしていて、食事の時と、寝る時だけ現れていた。

河北は、私と同県人（長崎）だったので、初めての実施部隊勤務に不安を抱いていた私は、異国で身内にでも出会ったような親近感を覚えていた。しかし彼は、同県人だからといって情け容赦する男ではなかった。そんな人情など、爪の垢ほども持ち合わせていなかった。

昭和十五年一月の徴募兵といえば、すでに三年を過ぎていた。だから本来なら、疾うに下士官（二等工作兵曹）に任官していなくてはならなかった。しかし彼は、精神的に欠陥があって任官するのが遅れていたようだった。つまり、お茶挽きしていたのであった。そのせいなのか、やけに臍曲がりであった。

私たちが乗艦して、二、三日程してから、木工班の竹下班長（上等工作兵曹）が、

「河北は、馬鹿だから、あいつの言うことは聞かなくていい」

と私に言った。

しかし班長にそう言われたからといって、たとえ馬鹿でも古参兵である彼の言うことを聞かないわけにはいかなかった。「おまえは馬鹿だから……」といって、彼の言うことを聞かなかったら、いかなる仕打ちを受けるか分かったものではなかった。そうでなくても精神に異常のある彼は、癇が高ぶってくると、前後の見境もなく、私と築地をどやし付けていた。

ついでに海軍の軍人の階級の呼称について蛇足しておくが、下士官の場合は階級には関係なく「何々兵曹」と呼び、兵の場合は、工作兵長は「兵長」と呼び、上等工作兵は「上工」と呼び、一等工作兵は「一工」と略称していた。ある小説には、工作兵長は工兵長、機関兵長は機兵長と呼称したと著作してあったが、これは間違いである。

また海軍の大尉は、「だいい」と著作してあったが、私は新兵の時も学校でも実施部隊でも、そんな呼び方は教わりもしなければ、呼んだこともなかった。これもついでだから蛇足しておくが、かつてNHKで放映された海軍のドラマで、俳優の津川氏が扮していた士官のせりふの中に「艦（かん）」と言う場面があったが、これも海軍では「ふね」と言っていた。その他にもあるが、ここでは

省略しておく……。

さて、蛇足が長くなったが、横須賀軍港を出港した君川丸は、太平洋沿岸づたいに一路千島列島へ向かって北上していた。北の海はしける日が多いので、北上するにつれて波のうねりも高くなり、艦はローリングしたり、ピッチングしたりしていた。海上勤務の長い兵隊たちには、これくらいのしけは平気かもしれないが、初めて海上勤務をする私と築地には、まさに地獄の苦しみであった。夜、釣り床に寝ていてさえ、気分が悪くなった。

下士官兵の居住区は、艦首の方の下甲板にあったので、艦がローリングする度に、釣り床はフックを軋《きし》ませて横揺れし、高波に持ち上げられてピッチングすると、バシャーッと激しい波の音が、居住区まで伝わってきた。まるで、頭から波しぶきを浴びせかけられているような感じであった。その都度、躰は釣り床ごとフアーッと浮き上がり、ふぐりは縮みこまってしまう。生きた空もないとは、まさにこのことだろう。

朝の食事を用意する時は、味噌汁の匂いを嗅《か》いだだけで吐き気を催す。そんな時は、素早く厠へ走る。新米の兵隊は、気分が悪くなっても、絶対に寝かせてはもらえないのである。船酔いなんか吹っ飛ばして、任された任務を果たさなくてはならなかった。

海軍生活の長い竹下班長も、艦には弱いとみえて、艦が揺れ始めると、蒼白い顔をして船倉の木工倉庫の棚に毛布を被って寝ていた。乗艦した当初は、私は班長が船酔いして寝ているとは露知らず、昼食時に揺れるデッキを千鳥足で木工倉庫まで報告に行った。しかし班長は、食事の用意が出来ました、と私が報告しても、「いらん」と怒ったように言って、顔も見せなかった。

それが分かってからは、報告に行っても、どうせ無駄なことだからと思って私が報告に行かずにいると、情簿の河北が、班長が食べないのは知っていながら、

「竹下兵曹（彼は班長とは言わなかった）に言って来い」

と言って、呼びに行かせていた。

班長に食事報告に行かされるのは、いつも私に決まっていた。しかし、報告に行けば班長に怒られるし、行かなかったら河北にどやされる。あちら立てればこちらが立たぬ、双方立てれば身が立たぬ。いつしか私も要領を心得、報告に行くふりをして、途中まで行って戻って来た。そんなことは知らない河北は、それで得心していた。

知的障害をもつ河北は、喜怒哀楽が激しいので、私が築地と食事の用意をしている時は、いつも傍で監視していて、飯の盛り方が悪いとか、食器の並べ方が悪いなどと、埒《らち》もないことにくどくど御託を並べる。そして、仕舞いには気が狂ったように顔をしかめ、飯をよそっている杓文字《しゃもじ》を取り上げ、私と築地の頭を殴り付ける。

木工班と食卓を並べている金工班の兵長の岩崎は、河北の狂気ぶりを眺めていて、またいつもの

癖が始まったとニヤニヤしている。彼は河北の一期後輩にあたる五月の志願兵だった。私たちが乗艦した時は、金工班に兵長は彼が一人だけだった。色白のおとなしい兵長で、彼が下級兵に文句を言ったり、殴ったりしたことをついぞ私は見掛けたことはなかった。

彼は河北を小馬鹿にしており、河北が何を言っても、馬鹿が何をぬかすか、と鼻の先であしらっていた。しかし、私たち下っ端は、彼の言うことを聞かなかったら、どやされるので、何でも彼の言いなりになっていた。

築地は小柄でひ弱だったので、艦《ふね》にも弱いらしく、艦が激しく揺れ出すと、船酔いして蒼白い顔でふらふらしており、飯は見向きもしなかった。すると情簿の河北が、

「貴様、気合が入ってないっ！」

と怒鳴りつけ、揺れている上甲板へ連れて上がって駆け足をやらせていた。

しかし、気合が入ってないから船酔いするわけではなかった。まだ艦に慣れてないから酔うのであった。もちろん初めて乗り組んだ兵隊でも、船酔いしない者もいた。しかし、竹下班長のように、海軍生活の長い者でも酔う者は酔うのである。

私も艦には強い方ではなかった。どちらかといえば弱い方だった。しかし私は、三度の飯は欠かさずに食っていた。もちろん食えばすぐに吐き気を催すので、すぐに厠へ走っていた。それでも食った物がいくらかでも腹に残っているせいか躰の衰弱もなく、いつしか船酔いもしなくなっていた。船

酔いしなくなると、艦が揺れるように躰も揺れるので、腹が減って、三度の飯が待ち遠しいぐらいであった。

禿茶瓶の堀之内兵長も艦には弱いらしく、艦が揺れ出すと、蒼白い顔をして酔っ払いのようにふらふらしていた。もちろん飯も食わなかった。しかし彼には、さすがの河北も何も言わなかった。河北より、堀之内兵長が年長でもあり古参兵でもあったので、河北は歯が立たないのであった。

ちなみに、工作科に配属されている兵員を記載しておくと、木工班が、竹下班長以下、田尻一等工作兵曹と山本丑蔵一等工作兵曹、それに、堀之内兵長と河北兵長と私と築地、もう一人の吉川は士官室の従兵をしていた。金工班が、吉岡班長（上等工作兵曹）以下、天野二等工作兵曹と岩崎兵長、それに、江頭《えとう》上等工作兵と毎熊上等工作兵（二人は同年兵だった。後に兵長に進級する）と森田……。以上の兵員で工作科は構成されていた。

魚雷攻撃

横須賀軍港を出港してすでに三日が過ぎていた。やがて君川丸は、千島列島が望まれる海域まで来ていた。この海域まで来ると波も穏やかになり、艦も揺れなくなっていた。

艦が揺れなくなると、少しは築地も船酔いにも慣れたらしく、乗艦した当初ほどは酔わなくなり、いくらか飯も食えるようになっていた。しかし、海が穏やかになると、今度は敵の潜水艦が現れるのを警戒しなければならなかった。

この頃になると日本近海は言うに及ばず、金華山沖や襟裳《えりも》岬や択捉《えとろふ》海峡やウルップ水道などに多くの敵の潜水艦が我がもの顔に跳梁《ちょうりょう》していた。わけても、今日のような穏やかな日は、敵側から見れば極めて攻撃し易いのであった。

その朝、食事を済ませて後片付けすると、課せられた作業にかかるため、私と築地は艦尾にある作業場へ急いでいた。臍曲がりの河北に遅れないように作業にかからなくてはならないので、朝は多忙である。私が築地と烹炊所の横の狭い通路を通り抜けて後甲板へ出た途端、『戦闘配置に付け』のブザーがけたたましく鳴り出した。同時に誰かが、

「魚雷《ぎょらい》だあっ！」

と絶叫した。

練習生の生活とは、まるっきり勝手が違う艦船勤務に戸惑っていた私は、戦争中であることさえ忘れかけていた。「魚雷だ」という叫び声に、ハッとして艦の後方を見遣ると、細長い白い渦が三筋、艦に向かって疾走してくるのが眺望された。敵の潜水艦が君川丸を目標に発射した魚雷の雷跡《らいせき》であった。魚雷は見る見る君川丸に接近してきた。艦は魚雷の攻撃を避けようと、フル・スピードで疾走し始めた。激しいエンジンの振動で、艦はガタガタ揺れていた。艦が壊れるのではないかと思われた。

それでも幸いなことに中心を疾走してきた魚雷は、時限装置が付けてあったのか、それとも流氷に激突したのか、艦の三十メートルほど後方で大きな轟音と共に高さ十メートルほどの水柱を吹き上げて自爆した。右舷側の魚雷は、艦の真横を二十メートルほど離れた位置で、やはり轟音と同時に高い水柱を吹き上げて自爆した。その煽りをまともに受けて艦は大きくローリングし、デッキには飛沫《しぶき》がザーッと降ってきて、デッキに呆然と立っていた私はびしょ濡れになった。左舷側のは艦を十メートルほど追い越して行って不発のまま海中に没した。

もし三本の魚雷のうちの一本でも命中していれば、商船改造の艦は、ひとたまりもなく沈没し、乗組員の全員が北海の冷たい海中で冷凍人間になっていたかもしれなかった。

戦闘配置に付いていた兵科の兵員たちは、潜水艦を攻撃するためと、再度の雷撃を防止すめため、艦尾に装備してあった爆雷を立て続けに何個も投下していた。

やがて戦闘配置が解除されると、後甲板で気を引き締めて成り行きを見守っていた兵員たちは、事なきを得たので安堵したらしく、みんなが表情を和ませていた。しかし私は若輩だったせいか、それとも、こんな体験は初めてだったせいか、それほど恐怖感はなかった。

危うく虎口を脱した君川丸は、再度の敵の潜水艦の攻撃を防御するため、さらに警戒を厳重にして、海面を覆い尽くしている流氷を掻き分けながら北上を続けた。流氷の中には大きな氷塊もあるので、時にはそれらに激突することもある。その都度、大きな衝撃音が下士官兵の居住区まで伝わってくる。

北上するにつれて、大きな氷山が浮かんでいるのが眺望された。広漠とした海原に山のような氷山が浮かんでいる情景は、まことに壮観であった。本物の氷山を生まれて初めて目の当たりにした私は、すっかり感動し、

「あァ、北の果てまで来たのだなァ」

という実感がわいてきた。

平らな大きな氷山の上には、アザラシや、オットセイたちが黒い塊《かたまり》になって寝そべっており、寒々とした空には海鳥が群れをなして飛翔している。その情景は、いかにも北方の海らしいのどかな雰囲気を醸し出している。

しかしのどかではあっても、決して予断は許されなかった。いつ何時、敵の潜水艦や、飛行機が不意に出現して襲撃されるかもしれなかった。

甲板整列

斯かる厳しい戦時下にあっても、海軍には『甲板整列』という悪癖《あくへき》があった。これは海軍の伝統であった。つまり、各兵科ごとに下級兵を整列させて尻をどやすのであった。これは、下級兵の宿命とでもいうのか、どこの部隊へ行っても免れなかった。

甲板整列がかかるのは、巡検後であった。ちなみに、巡検というのは、夜の釣り床を吊り終えてから、当直将校が当直下士官の先導で、下士官兵の居住区の火の元点検などや、その他の各部署を点検して回るのである。巡検が終わった後で、下級兵たちが、下士官たちが脱いだ衣服などを整理していると、古参兵が、

「おい、若い兵隊（海軍では年配の兵隊でも下級兵は若い兵隊と呼んでいた）はちょっと下（下甲板）に集まれ」

と宣告する。途端に下級兵たちは、背筋が寒くなる。

君川丸に乗り込んだ私が初めて甲板整列を体験したのは、最初の航海を終え、横須賀軍港へ帰投する航海中のことだった。シュムシュ島の片岡湾で、内地から運んで来た軍需物資を降ろして、二日ほど休養して出港した夜のことであった。下士官たちはすでに釣り床に入っており、彼らが脱い

だエンカン服（上下続きの木綿の白い作業服）や靴下など私が築地と整理していると、金工班の人相の悪い毎熊が傍に来て、

「おい、二人ともちょっと下に集まれ」

と冷淡な態度で言った。

彼は人相も悪かったが、根性もひねくれており、下級兵に対しては冷酷な男であった。そのくせ下士官たちや上級兵には、歯の浮くようなお世辞を並べ立てていた。工作科で、私が最も嫌いな奴は、河北と毎熊であった。

毎熊と同年兵の江頭は心根の優しい男で、艦のことは何も知らない私と築地に、何かと親切に教えてくれていた。しかも金工班長のお気に入りで、班長の身の回りの世話は彼が一手に引き受けていた。ただ、彼は気の弱い面があって、河北や毎熊から厭味を言われると、すぐ泣く癖があった。

さて、工作科は機関科分隊に所属していたので、甲板整列も合同で行われていた。整列させられる場所は、居住区の下の陰気臭い甲板（船倉）に決まっていた。私刑《りんち》を加えるには最もふさわしい場所だった。普段はめったに誰も出入りしないので、鼠たちの恰好の遊び場所であった。鼠たちは昼夜の区別なく暴れ回っているので、金工班の森田は、手空きになった時は、長い柄の箒《ほうき》を手にして鼠捕りに降りて行っていた。

海軍には、『鼠上陸』という制度があって、鼠を捕らえて甲板士官のもとに持参すれば、一匹の鼠

で一回の上陸が許されていた。かつての兵隊たちの中には悪賢いのもいて、同じ鼠で何度も上陸した兵隊もいたらしい。しかし、いつしかそれは甲板士官に露見し、一度持参した鼠は、尻尾を切って海に捨てさせたそうであった。

工作科で鼠上陸していたのは、森田だけであった。鼠上陸に味を占めていた森田は、

「おまえも鼠を捕って上陸させてもらえ」

と私にも教えてくれた。

しかし私は、そんな愚かしいことまでして上陸したい、とは思わなかったので、一度も鼠上陸の恩恵に浴したことはなかった。

鼠は賢い動物で、身の危険を感じると、逸速く艦から姿を消していた。

『鼠がいる間は、船は安全だ』

と私は、かつて外国航路の船員をしていた古老に聞いたことがあったが、たしかにその通りであった。

それは後日、私が乗り組んでいた艦で実証された。艦が撃沈されてから思い付いたことだったが、私が乗艦した当初は船倉に群れをなしていた鼠が、最後の航海になる前には、一匹もいなくなっていた。

さて、話は脇道にそれたが、機関科分隊の甲板整列の時は、勤務中の機関兵も、士官室の従兵も

工作科の兵隊たちも集合させられる。全員が整列すると、先任兵長が居住区にいる二等機関兵曹（二等下士とも言う）に報告に行く。すると二等下士は、悠然とした態度で現れ、日常の勤務態度（主として機関兵）について手短に説教して引き揚げる。その後、先任兵長や、次席の兵長たちが、愚にもつかない御託を長々と喋り立てる。彼らの御託はいつも決まっていた。

機関科の非番の下士官たちは、退屈凌ぎに下級兵に将棋の相手をさせたり、ふざけたりすることがあった。しかし下級兵は、それに図に乗ってはいけないのであった。下級兵が下士官と将棋をしていたり、ふざけあったりしているのを古参兵に見付かれば、その兵隊だけ呼ばれて文句を言われてどやされるのであった。整列の時は、そんなつまらないことまで指摘されるのであった。古参兵どもは、下級兵が下士官と将棋をしたり、ふざけたりするのを快く思っておらず、

「貴様たちは、だらけている」

と言うのであった。

能無しの兵長どもは、馬鹿みたいな御託を長々と喋り立てるので、航海中の甲板整列の時は、船倉の悪臭と艦のローリングで、緊張して立っていても、足元がふらついて気分が悪くなりへどを吐きたくなる。しかも戦争は、危急存亡の時、敵の潜水艦が頻繁に出没している危険な洋上でいつ何時ぼか沈を食らうか分からないというのに、兵長たちの愚劣な行為であった。

先任兵長、次席の兵長たちの説教が終わると、お提灯（三年未満の兵長）から順に、上等兵、一

等兵と、尻をどやされる。しかしお提灯は二、三発で放免されるが、下っ端は青い痣《あざ》が出来るように何発でもどやされる。

バッターの洗礼を受ける時は、一人ずつ前に出て前屈して尻を突き出し、両手は前に伸ばして両足を踏ん張って構えるのである。深い渓谷のように、森閑と静まり返っている薄暗い船倉には、兵長たちの、恐ろしいばかりの形相で振るうバッターの音だけが、無気味に響き渡る。その情景はまるで陰惨な処刑場を想わせた。いつもはビームの上などを走り回っている鼠たちも、この時ばかりはチュウとも言わない。どこかの隅に隠れて、兵隊たちがどやされているのを眺めているのかもしれない。

また、下っ端の兵隊がどやされる時には、誰より先に飛び出して尻を突き出さなければならなかった。尻込みしていると、

「貴様、横着だ！」

と怒鳴られて、他の下っ端より二つ三つはよけいどやされる。

金工班の森田は悪知恵が働くというのか、それとも卑怯者なのか、甲板整列がかかった夜は、どやされても痛くないように着ているエンカン服の尻に、事業服（ツー・ピースの白い木綿の作業服）か腹巻きを畳んで、尻当てにしていた。

「こうしとけば、殴られても痛くないから、おまえも入れとけ」

と私にも秘訣を教えてくれた。

しかし私は、そんな卑怯なことまでして兵長たちに屈服したくはなかったので、一度も尻当てはしたことはなかった。しかし森田のいんちきは、いつも成功するわけではなかった。尻当てをしているのとそうでないのとは、どやした時の感触も違うし、音も違うので、尻当てをしているのが発覚した時は、みんなの前で尻当てを剥がされ、その分だけよけいどやされていた。

さて、ついでにここで述べておくが、私は君川丸に乗り組んで、初めて上等兵曹同士が諍うのを見た。いや、実際に諍っている現場を目撃したのではなかった。その日、午後から作業に就いていた私が、何かの用事があって居住区へ戻って来た途端に、その前に何かで諍いしていたらしく、屑篭の傍にしゃがんで鉛筆を削っていた金工班の吉岡班長の背中を、機関科の特務下士官（機関科を統括している下士官）の河野が土足で蹴り付けた。不意を食らった吉岡はつんのめりかけてすぐに立ち直って拳《こぶし》を振り上げたかけたが、相手は善行章五本（この時、すでに善行章の装着は廃止になっていた。しかし、その威力は厳然としていた）の先任衛兵伍長（艦の風紀取締をする最古参の上等兵曹）に次ぐ、古狸であった。だから、吉岡の倍近く海軍の飯を食っている勘定になるのであった。

咄嗟に吉岡はその事を考えて刃向かうのを思い止どまった様子であった。しかし、そのままでは収まらなかった。その晩の巡検後に、吉岡は河野に先任衛兵伍長室に呼ばれ、先任衛兵伍長立ち会いの下《もと》に、河野にバッターで半殺しの目に合わされ、息も絶え絶えに這いつくばって居住区へ戻って来た。

二人の間にどんな事情があったのか、もちろん私は知らなかったが、よしんばいかなる事情があったにしろ、同じ階級の下士官が、善行章の差を笠に着て、暴力を振るうとは、さながらヤクザと同じだった。しかし、これがかつての海軍の実態であった。

河野は面構えもだったが、根性も悪かったので、機関科の下士官たちは敬遠していた。下級兵たちは彼に恐れをなし、なるだけ傍には近付かないようにしていた。

ちなみに、善行章を五本も着けた下士官のことを、『洗濯板』と陰口をたたいていた。なお善行章は五本までだったので、六本目が着く年数になると、お情けで兵曹長になっていた。だから河野も、それから間もなくして兵曹長に任官していた。兵曹長になったのがよほど嬉しかったらしく、兵曹長に任官して何日かしたある日、士官食堂で昼食を食った彼が、かつての古巣へやって来て、下士官兵たちが麦飯を食っているのを見て、

「おう、下士官兵は麦飯か」

と、ついこの間までは己も麦飯を食らっていたくせに、得意満面で言っていた。

ところで話は河野の陰口にそれたが、私は君川丸に乗り組むまでは、新兵教育の時も、学校でも、一度もバッターを食らったことはなかった。しかし、新兵の時に酒保に行った新兵がどやされるの

を一度、学校で練習生の一人が、班長に預けておかねばならなかった金を隠して所持していたのが衣服点検の際に班長に露見して、バッターでどやされるのを見ていたので、バッターでどやされるのは、少しも怖くなかった。しかし続けざまに五、六発もどやされると、どやされた瞬間より、後になるほどヒリヒリ疼《うず》いて、椅子に腰掛けたり、歩いたりするのが苦痛であった。

また、私と築地は、河北からどやされることもあった。彼は頭が狂い出すと、夕食後に私と築地を作業場へ連れて行って、愚にもつかないことを長々と喋った揚げ句、眦《まなじり》を決してどやすのであった。

「おまえらは、志願兵のくせに……」

と言うのが、彼の口癖で、私たち志願兵を目の敵にしており、私たちが、己の気に食わないことをやらかせば、すぐ志願兵のくせにと罵倒し、バッターでどやしたり、前支えさせたりしていた。

精神的欠陥のある河北は、頭の加減がよい時には底抜けに朗らかで、私たちにも親しく話し掛けていた。だがいったん狂い出すと、まるで狂人のように眦を決して私たちに殴りかかってくるのだった。

河北が精神異常者であることは、工作科の下士官たちも機関科の下士官たちも百も承知しているので、工作科の先任兵長である彼を誰も河北兵長とは呼ばず、彼の名の清三をもじって、『清さん』とか『清どん』と侮蔑した呼び方をしていた。

木工班の山本丑蔵兵曹は酒好きだったので、巡検後は、たいてい酒を飲んでいた。そして酔っ払うと、『おい、清三』と呼び捨てしていた。しかし河北は、そんな嘲った呼び方をされても、意に介する様子もなく、間抜け面でニコニコしていた。先任兵長ともなれば、メンツというものがあるはずなのに……。

しかも彼は、先任兵長と威張っていたが、工作技術も拙劣で、それに潜水術を習得していなかった。ある時、君川丸が千葉県の館山に停泊したことがあった。だが、あいにくその日は海が荒れていたので、タラップに舫《もや》ってあった大発は、夜が明けてみると消えていた。慌てた運用科員たちは、カッターを仕立てて付近一帯を捜索していた。しかし、どこにも見当たらず、もしかしたら海底に沈んでいるのではないかということで、海底を捜索してみることになった。

その任務は、潜水術を有していた私が仰せ付かった。君川丸の木工班で潜水術を有しているのは、竹下班長と私だけであった。私が潜水することになると、運用科員たちやその他の手空きの下士官兵たちは、舷側にずらり顔を並べ、奇異な眼差しで眺めていた。私が君川丸に乗艦してから潜水するのは、これが初めてだったので、みんなが驚いていた様子だった。

普段は、先任兵長と威張っていた河北も、この日ばかりは、私の助手に過ぎなかった。

紛れもなく大発は、海底に沈んでいた。

私が大発を発見すると、今度は竹下班長が引き揚げるためのワイヤーを取り付けに潜水した。私にでもワイヤーを取り付けることは出来たのだが、機関科の掌工作長を兼任している電気長が、竹下班長に命じた。

その日の食事の支度は、二度の食事とも、河北と築地にやらせ、私は竹下班長と早目に夕食を済ませると、築地に、竹下班長の釣り床を吊らせ、私は自分で釣り床を吊って潜り込んだ。

そして後日、竹下班長と私は、大発を捜索した褒賞として、機関科の特務下士官から、特別上陸が許された。それ以来、私は艦では一躍有名（?）になっていた。私が艦で名を馳せると、さすがの河北も私にはぐうの音《ね》も出なくなり、築地を手なずけ、機関部の上の狭い通路に隠れて二人で酒を飲んでいた。

さて、話はちと自慢話になったが、下級兵たちは、昼間の勤務はもちろんだが、夕食を済ませて後片付けして、居住区や厠の掃除を済ませて巡検が終わり、『たばこ盆出せ』の号令がかかっても、下士官たちや古参兵たちのように、たばこを一服というわけにはいかない。

甲板整列がかかった夜は、兵長たちに、尻に痣が出来るぐらいどやされて、そして放免されると、下士官たちのエンカン服の洗濯や靴磨き、洗面器磨きと、下級兵たちがやらねばならない仕事は山ほどある。

甲板整列が行われた夜は、兵長たちにどやされた尻の疼きに堪えて居住区へ戻っておろおろしていると、下士官たちは、整列でどやされているのは知っていながら、素知らぬ顔で下級兵たちに話し掛けてくる。どやした馬鹿たれどもまでが、ついさきほどまでの剣幕はどこへやら、どやされた下級兵たちの気持ちは無視して、ニヤニヤしながら悪巫山戯《わるふざけ》したりする。

しかし下級兵たちは、兵長たちに掛かり合っているわけにはいかない。新兵の時や練習生の時は、班長の当番の時以外は、自分のことだけしていればよかったが、実施部隊ではそうはいかなかった。所属する班の下士官全員の身の回りの世話をしなくてはならなかった。もちろん工作科の私たちも。

しかし工作科でも、とくに木工班の下士官たちは、ほとんど作業はせずに遊んでいた。竹下班長は職責上、木工倉庫で在庫品を管理していた。しかし、そんなに忙しいわけではないので、倉庫で午睡したり雑誌を読んだりしていた。だから、油作業などする金工班の下士官たちや、機関科の下士官たちのように汚れなかった。それでも、下士官たちが着ているエンカン服が少しでも汚れていると、河北が、己は垢まみれになったエンカン服を着ているくせに、

「おまえら、○○兵曹のエンカン服は汚れているじゃないか!」

と目くじらを立てるので、彼に指摘される前に怠りなく洗濯しなくてはならなかった。

一度に何枚ものエンカン服を手洗いするのは、手間がかかって面倒なので、機関室に置いてある灯油缶に水を入れて石鹸を刻んで入れ、蒸気で沸騰させてエンカン服を入れて棒で突いて洗う。それで、だいたいの汚れは落ちるが、それでも落ちにくい汚れは、入浴する際に、束子《たわし》でゴシゴシこすって落とすのだ。

艦では水は貴重品だったので、一般兵科の下士官兵は、定められた入浴日にしか入浴は許されなかった。しかし先任衛兵伍長だけは毎日、真っ先に入浴していた。それに、士官たちも毎日入浴していた。ただし、機関科員だけは油で汚れるので、毎日入浴していた。工作科は、機関科分隊に所属していたので、工作科の下士官兵たちも毎日入浴していた。

しかし、下っ端の兵隊たちが入浴するのは夜中の十二時過ぎだった。入浴するついでに洗濯もする。この時間になると、勤務を交替した下士官たちや古参兵たちも入浴に来る。甲板整列があった夜、下っ端の兵隊たちが、素っ裸になって洗濯していると、入浴に来た下士官たちが、兵長どもにどやされ、青い痣になっている兵隊たちの尻をごつごつした手で後ろからそうっと撫で回す。途端に撫でられた兵隊は悲鳴を上げて飛び上がる。それを下士官たちは、物笑いの種にする。

しかし撫でられた兵隊は堪《た》まったものではない。ただでさえどやされて二、三日はヒリヒリ疼くので、褌をするのもそうっとして、釣り床にも横向きになって寝る。

兵隊たちの尻の青い痣は、一週間ぐらいは消えない。しかし、兵長たちも心得たもので、休暇が許される頃には、絶対に尻はどやさない。青い痣で帰省するのは恥ずかしかろうと考慮してのことなのか、それとも、己らの悪辣な行為を隠蔽《いんぺい》するためだったのか……。

下級兵たちは、洗濯を済ませてから、躰を洗う。そして、バスから上がると、機関室のボイラーの付近に洗濯物を干す。それから、下士官たちの靴を磨いたり、洗面器を磨く。

時刻は、すでに一時を過ぎている。

この頃になるとそろそろ腹も北山なので、夕方、酒保開けの時間に買っておいた菓子を食いながら、眠っている下士官たちの安眠を妨げないよう、居住区の外に出て船倉の上で静かに磨く。靴を磨く時は、軍服のズボンの裾に靴墨が付着しないように丹念に磨かねばならなかった。ズボンの裾に、ごくわずかの靴墨でも付着しているものなら、当の下士官より、むしろ河北が口喧しく言う。

真鍮《しんちゅう》の洗面器は、液体の真鍮磨きで磨くのだが、顔が写るようにピカピカに磨いておかねば、これまた河北に、磨き方が悪いと文句を言われた揚げ句、洗面器の底がへこむぐらい頭をどやされる。

艦では衣類を盗まれることはなかったが、洗面器はいつも盗まれていた。というのは、朝の甲板掃除を済ませ、『総員、顔洗え』の号令がかかると同時に、班の下士官たちが、一度に洗面に行こうとするが、班の洗面器は（たしか二個だった）数が決まっているので、全員のを準備することは出来ない。だから、全員の洗面器を準備するためには、いきおい他の班から失敬して来なくてはならないのである。失敬された班は、他の班のを失敬して来る。盗《と》られたら、盗り返す。いつもそれの繰り返しだった。盗られないように洗面器の横に班名をペンキで大きく書いておいても、やはり盗られるのだから始末に負えない。

だから、前述したように、海軍に盗っ人の種が尽きることはなかった。

ギンバイ

海軍には盗っ人が多かったが、品物を盗む盗っ人だけではなかった。食い物をかすめる盗っ人もいた。これを『ギンバイ』と称していた。

ギンバイの語源は、食い物にたかる銀蝿をもじったもので、海軍独特の用語であった。つまり、半ば公然の泥棒で、烹炊所から食い物をくすねて来るのである。むろんギンバイするのは、あながち艦だけに限ったことではなかった。私が後日、佐世保海兵団の工作科分隊に仮入団していた時は、工作科の定員の下士官たちが夜中に烹炊所から肉をギンバイして来て、事務所ですき焼きにして食っていた。

下士官兵たちがギンバイするようになったそもそもの発端は、士官どもばかり贅沢して、下士官兵たちには牛馬の餌のような物ばかり食わせていたので、その反動でギンバイするようになったのではないだろうか……。

かつての海軍では、

『牛馬、下士卒、豚なんとか』

と言って、下士官兵たちを侮蔑していたのも、紛れもない事実であった。

君川丸の中で、ギンバイで名を馳せていたのは木工班の山本丑蔵兵曹であった。ギンバイにかけて彼の右に出る者は、君川丸には一人もいなかった。彼はギンバイをするため引っ張り出されたようなもので、毎日ギンバイに専念していた。他に二人いた召集兵のチョビ髭の田尻兵曹と、禿茶瓶の堀之内兵長も、やはりギンバイを日課にしていた。

山本丑蔵兵曹はまたの名を『丑しゃん』と言った。だが丑しゃんと呼ぶのは、機関科の特務下士官や先任下士官、竹下班長や吉岡班長の他には古参の下士官たちだけだった。若造の下士官たちが丑しゃんと呼ぼうものなら、ただでは済まされなかった。

丑しゃんはギンバイしない時は、機関科の非番の下士官たちと将棋に熱中していた。

「戦争なんか、おれが知ったこっちゃない」

と言った、丑しゃんの態度だった。

君川丸では、水の管理は機関科が担当しており、その管理責任は毎日ぶらぶらしている丑しゃんが任されていた。丑しゃんはそれを笠に着て、烹炊所へ水を出しに行ってくれたついでに肉か何かをギンバイして来て木工場で調理して食っていた。

烹炊所に放水してやる時間は、あらかじめ決められていたので、その時間になると情け容赦なく丑しゃんは水のバルブを締めて鍵を掛けてしまう。時には、放水してやる時間になっても、忘れた振りをしていることもある。困るのは飯炊きの主計兵たちであった。

若い主計兵は手土産に、卵か何か持参して放水をお願い致します、と丑しゃんに頼みに来る。手ぶらで来ても、絶対に放水してやらない。もともと丑しゃんの魂胆は、主計兵の手土産にあった。節水しなくてはならない、といった殊勝な心がけなど爪の垢ほども持ち合わせていなかった。

丑しゃんはまた、将棋に夢中になっている際に放水時間になり、たまたま私が居住区に居合わせると、

「おい、木村や。おまえがちょこっと行って開けち来てくれや」

と言って、私にバルブの鍵を渡して放水に行かせることもあった。

私が放水に行くと、烹炊所の疋田兵曹が、

「おい、好い物をやるから来い」

と言って、烹炊所の下甲板の主計科倉庫へ私を連れて行って、冷蔵庫を開け、

「好きなだけ、持って行け」

と言って、士官用のフルーツの缶詰など、着ているエンカン服が膨らむぐらいもらって来ることもあった。

この下士官は、なぜか私にとりわけ親切にしてくれていた。彼は何も言わなかったが、もしかしたら、私と同県人だったのかもしれなかった。おかげで私は、時たま彼に美味い物をもらっていた。

また丑しゃんは、時には私を烹炊所へ行かせることもあった。私と築地が河北に追い回されて作

業をしていると、昼食時分にふらっと木工場へやって来て、

「おい、木村や、おまえちょこっと烹炊所に行っちから何か美味いもんばもろち来いや」

と言う。

つまり、何か食い物をギンバイして来い、と言うのだった。

しかし、昼食時の忙しい時に、私のような下っ端が用事もないのに烹炊所をうろちょろしていると、古参の主計兵に、

「邪魔だ！」

と蹴飛ばされるのが落ちであった。

だからどうしてもギンバイに行かねばならない時は、

「山本兵曹が……」

と丑しゃんの名を騙《かた》って、すき焼きの材料などせしめて来た。

丑しゃんは、どういうわけでかいつも私をギンバイに行かせていた。だが私は大泥棒の石川五右衛門の末裔《まつえい》ではないので、ギンバイは得意ではなかった。

いや、私に何か言い付けるのは、あながち丑しゃんのギンバイだけではなかった。竹下班長が、何か用事を言い付けるのも、いつも私に決まっていた。河北や築地には絶対に言い付けなかった。もちろん河北は、兵長ということもあって言い付けなかったのかもしれなかった。しかし、そればか

りではなかった。それだけ班長の受けも悪かった。それに班長は、自分の身の回りの世話も私にだけやらせ、築地には絶対にやらせなかった。だから河北は、私のことを快く思っておらず、築地にだけ話し掛けていた。

しかも河北は酒癖が悪く、酔っ払った時は、寝ている下士官兵たちの釣り床を、ナイフで突き刺して回っていたそうだった。私たちが乗艦した当初、金工班の江頭が、

「河北兵長が酔っ払った時には、おまえらも気を付けろよ」

と忠告してくれた。

そんなことでも河北は、直属の上司の竹下班長にばかりでなく、機関科特務下士官や先任下士官、その他の下士官たちの心証も悪くしていたようであった。わけても直属の上司の竹下班長の受けが悪かったら、任官が遅れるのも当然であった。

銀飯に舌鼓

私たちが乗艦して、たしか二度目の航海の時だったと思うが、シュムシュ島の片岡湾で軍需物資を降ろし、二日ばかり停泊していた際に、非番の下士官や古参兵たちが舷側から釣り糸を垂らしてカレイを釣っていた。その頃の片岡湾は、魚の宝庫と言われるぐらい、いろんな魚が群棲していた。ことにカレイが多く、内地では見たこともないような大きなカレイが釣れた。

釣り餌には肉の切れ端を烹炊所からもって来て釣り糸を垂らすと、すぐに食らいついていた。時には、釣り上げているカレイに鱈《たら》や名も知らない大きな魚が食らいついて一緒に二匹釣れることもあった。中には釣りの旨い下士官もいて、瞬く間にオシタップ一杯釣り上げていた。ちなみにオシタップというのは洗濯盥のことで、英語のWASH・TUBが訛ったものだった。かつての海軍では、民間には通用しない言葉を使っていた。内舷マッチは布巾、外舷マッチは雑巾というように……。

丑しゃんも魚釣りは旨いらしく、たちまち二十匹ばかり釣ったカレイを早速、木工場で刺身にしながら、私に、

「わしが烹炊所に言うち来ちょるから、米ばもろうち来て、飯ば炊けや」

と言った。

そんな使いだったらたやすいことだった。私は早速、烹炊所の古参兵から十キロ入りのドンゴロスを一袋もらって来て飯を炊いた。おかげでその日の昼飯は、木工班の全員が、カレイの刺身に吸い物つきで舌鼓を打った。せっかく配食された麦飯は捨てるのは惜しいと思いながら、スカッパー（物を海に捨てる所）からレッコー（捨てる）して、魚たちに食わせた。

ちなみに海軍の下士官兵たちは、米の飯のことを銀飯と言っていた。

『たまに下士官兵どもに米の飯を与えれば、これを銀飯と称し、君が代を合唱して万歳を三唱し、涙ながらに打ち食らうなり』

という迷文句もあった。

丑しゃんのギンバイを手伝っているうちにいつしか私も要領を覚え、時には丑しゃんの名を騙って、肉などギンバイして来ることもあった。丑しゃんはそんなことは露知らず、

「木村も、ギンバイが旨くなったのう」

とほくそ笑んでいた。

水上基地勤務

昭和十八年五月二十九日、それまで北方の最前線基地だったアッツ島が、アメリカ軍に猛攻されて玉砕すると、ついにキスカ島も撤退を余儀なくされた。

アッツ島が玉砕して程なくシュムシュ島のベットブ湖に、五二一派遣隊の水上機基地が設営された。水上偵察機（フロートの付いた飛行機で、下駄履きとも言った）を配備して対潜哨戒（敵の潜水艦を監視）に当たるためだった。その他に、シュムシュ島の片岡湾に出入港する艦船の護衛にも当たっていた。

この時、すでにベットブ湖の北東の岸辺に水上戦闘機の基地が設営されていた。

アッツ島が玉砕してキスカ島も撤退を余儀なくされると、当然、シュムシュ島が北方の最前線基地になった。しかしアメリカ軍は、シュムシュ島も奪回しようと頻繁に爆撃機のB29で襲撃し、同島に設営していた飛行場は見るも無残な蜂の巣にされてしまっていた。

五二一派遣隊には、海軍飛行大尉を隊長として、飛行少尉が一名と、下士官の搭乗員が十名ばかり、整備員が二十名ばかりの他に、君川丸から、通信担当の下士官と暗号担当の下士官、電気担当の機関兵長がそれぞれ一名ずつ、それに工作科の木工と金工の下士官が一名ずつ、主計科の飯炊きの下士官と兵長の他に、軍医少尉と衛生兵の一名ずつが隊員として派遣されていた。

そして六月中旬のことであった。この時、軍需物資を降ろした君川丸は、片岡湾に停泊しており、今度内地へ帰投すれば帰省休暇が許されることになっていた。その先発には、工作科では基地を設営した時から派遣されていた木工班の田尻兵曹と金工班の天野兵曹が帰省することになっていた。こういう時は、兵より下士官を優先させるのであった。

その交代要員には、木工班からは築地が、金工班からは、吉岡班長に口説かれて江頭が派遣されることになった。

この時、士官室の従兵をしていた木工班の吉川も金工班の森田も、すでに転勤していたので、木工班の下っ端は、私と築地だけで、金工班は岩崎兵長を除けば、毎熊と江頭だけだった。したがって、そのうちの一人ずつが基地に残らねばならなかった。しかし私は、築地が基地へ派遣されると決まった時、

「私が、基地に残ります」

と竹下班長に申し出た。

それというのは、今度、君川丸が帰投するのは大湊要港（軍港に準ずる港）だったので、大湊から私の郷里まで帰るのは時間的に無理だったのと、河北の面も見たくなかったし、それに築地を基地に追いやって、自分が先に帰省するのは、彼に悪いような気がしたからでもあった。それと一つ

大湊にて、座っているのが筆者

は、基地を設営した際に、私も応援に行ったことがあったので、一生の想い出として基地での生活を体験しておくのも悪くない……という思いもあってのことだった。しかし、その反面、後になって後悔したこともあった。というのは、かつて君川丸が大湊要港に停泊していた際に上陸が許され、機関科の若い兵隊と上陸して、ある農家のおばさんから花をもらって来たことがあったので、そのお礼に、次に上陸した際にお菓子を持参して、おばさんと世間話をしてお暇して帰りかけると、同じ長屋に暮らしておられた若い奥さんが、おばさんにお菓子をおすそ分けしてもらっていたらしく、

「ちょっと、食事をして下さい」

と私を呼び止めた。

せっかく準備して下さっているのを、辞退するのも悪いと思って、私が遠慮なく戴いていると、奥さんが、

「泊まりでしたら、家《うち》に泊まって下さい」

と言った。

『泊まり』というのは海軍独特の用語だったので、民間人は知るはずもなく、その用語を存じていらっしゃるのなら、あるいは海軍の軍人の奥さんだったのかもしれなかった。ご主人は戦地へでも征《い》かれており、赤ちゃんと二人で暮らしておられる様子だった。しかし、あいにく私は、泊まりの上陸ではなかったので、泊まりでないともなんだか言い辛く、映画を観《み》に行きますから、と嘘を言って帰艦した。

そんなことがあったので、今度、君川丸が大湊要港へ入港して上陸が許可された際は、ぜひ一度お伺いし、宿泊はともかく、せめてお話でもしたいものと思っていた。しかし、二度と君川丸は大湊要港には寄港しなかったので、惜しくも再会のチャンスはなかった。果たしてご主人は、生還されたことだろうか……?

さて、話は脇道にそれたが、私が、基地に残りますと主張すると、竹下班長は、

「基地には、築地を遣《や》るから、おまえは艦《ふね》に残れ」

と強固に引き留めた。

班長の気持ちは、もちろん私には分かっていた。というのは、班長の身の回りの世話は言うに及ばず、その他の用事も、すべて私に言い付けていた。築地は頼りないので、彼がすることは班長は気に食わず、身の回りの世話だけでなく他の用事も、彼には絶対に言い付けなかった。それに河北は阿呆で、これまた頼りにならず、それで班長は、私を引き留めておきたかったらしい。

しかし私は、郷里まで帰るのには時間的に無理ですからと固辞して、敢えて基地に残留することにした。でも、結果としては基地に残留したことで、好い体験をしたと、今でも思っている。

水上機基地は、隊長以下、搭乗員たちや軍医が居住する幕舎を本部に、整備員たちが居住する幕舎と、私たち付属隊員たちが居住する幕舎に分かれていた。また、基地の外れには掘っ立て小屋のようなあばら家に一人の日本人が暮らしていた。私は初めは、戦前に建てた小屋が残っているものと思っていた。しかし後日、人が暮らしていることを知り、なぜこんな北海の果ての孤島に孤独な生活をしているのだろうかと不思議に思っていた。

その方は、私が基地に勤務していた時も、何度か本部の幕舎を訪れていたのを目撃していた。しかし、下っ端の私が言葉を交わしたことは一度もなかった。戦後も時たま、私は基地を訪れていた氏のことを思い出して、不可解でならずにいた。

ところが、図らずも昭和五十二年八月に講談社から発刊された『わが北千島記』によって、別所二郎蔵氏だったことも、生い立ちも知ることが出来た。

慰問団の演芸風景

さて、また話は脇道に少しそれたが、キスカ島の部隊が撤収して、北方の最前線基地になったシュムシュ島は、アメリカ軍の飛行機が来襲しない時は、とても最前線基地とは思えないほどのどかであった。ベットブ湖の岸辺での幕舎生活は、まるで北の果てまでキャンプに来ているような得も言われぬ風情があった。

晴天の日は、カムチャッカ半島の高い山が指呼《しこ》の間に望まれた。また深夜の短波放送を傍受していると、片言の日本語で東条英機の悪態をついているのが聞かれた。こんな北の果ての孤島まで危険を冒して慰問団が訪れ、歌や踊りなど賑やかに披露していた。

シュムシュ島は七、八月頃になると、白夜《びゃくや》といって夜も薄明るく、人の顔も見えるぐらいだった。私は夜中に排尿に出て、夜明けと錯覚した。

ベットブ湖の、遥か向こうの右岸の小高い山には、夏でも根雪が積もっていて、白熊が棲息しているそうであった。しかし私たちが山へ行くチャンスはなかったので、惜しくも白熊の生態は一度も目撃したことはなかった。

しかしのどかではあっても、決して予断は許されなかった。アッツ島とキスカ島を奪回したアメリカ海軍は、今度はシュムシュ島も奪回せんものと、シュムシュ島の近海に機動部隊を集結させ、重爆撃機のＢ29やグラマン戦闘機で頻繁に襲撃していた。

七月中旬のある晴れた日に、水上偵察機を係留してあった湖畔を私が暇に飽かせて散策していると、不意に小高い山陰から音もなくグラマン戦闘機が低空で来襲し、機銃掃射を浴びせて飛び去った。私の足元には機銃弾の砂煙がプシュッ・プシュッと一列に走った。危うく犬死にするところだった。グラマンの搭乗員は、私を狙ったものか、それとも飛行機を銃撃するはずだったのか、おそらく一兵卒の私ではなく、飛行機が目標だったのだろう。それでも幸いにも飛行機にも被害はなかった。

それからまた何日かした日の昼頃、今度はＢ29が数十機、銀翼をきらめかせて片岡湾の方からシュムシュ島の上空に来襲した。だがこの時は、ベットブ湖の水上戦闘機の基地にベテランの搭乗員が揃っていたので、ろくに滑水もせずに飛翔して銃撃し、撃墜したり、追っ払ったりしてしまった。

さすがにベテラン搭乗員だけあって、実に見事な奮戦ぶりだった。士官服を着せた海兵出身や学徒兵の洟垂《はなた》れ搭乗員どもには、とてもこんな芸当は出来ない。

かつて君川丸で、士官服を着せた学徒兵の洟垂れ搭乗員どもに飛行訓練をさせたことがあった。しかし、カタパルト（飛行機を発射させる機械）で整備員が発射させても、旨く飛び上がれず、海中にドボンと落ちていた。どうにか飛び上がれても、海面が荒れている時は着水が出来ず、艦が回転して波を静めて着水させても海面をジャンプしていて海中に（フロートが着いているので沈みはしない）逆さにドンボリ返っていた。すると、直ちに運用科員、救助艇用意の号令がかかる。

運用科員たちは、救助艇を用意しながら、

「あーあ、また十万円（当時、練習機は一機十万円した）パーにした」

と嘲笑していた。

さて、愚かなことを述べたが、その数日後には、今度は片岡湾に停泊していた輸送船を狙って雷撃機（魚雷を抱いた飛行機）が数機、北側の山の方から来襲した。しかし、あまり低空で突っ込んで来たため、目標を誤って、対岸の山に激突して自爆してしまった。

基地で最も多忙なのは整備員たちだった。彼らは他の隊員たちが眠っている五時頃には起床して、飛行機の整備や暖機をしていた。つまり、いつでも飛行機が飛び立てるように整備して、エンジン

シュムシュ島基地、模型飛行機コンクール

を暖めておくのだった。

　最前線基地では、いつ何時、いかなる緊急事態が発生するか、決して予断は許されないので、いつ何時でもすぐに飛び立てるように常にベストに整備しておかねばならなかった。もちろん対潜哨戒などから帰投すると、再び整備しておくのであった。

　しかし搭乗員たちは午前と午後、一度ずつ対潜哨戒に飛行すると、時たま片岡湾に出入する艦船の護衛に飛行するだけで、緊急事態でも発生しない限り、普段はのんびり遊んでいた。時間を持て余している搭乗員たちは、暇に飽かせて模型飛行機を作り、コンクールなどして戯れていた。

　その他の付属隊員たちも、飯炊きの二人が忙しいだけで、通信員は、入電がある時だけ受信すればよかった。だが、入電はいつあるか分からないので、常に席に着いていなければならなかった。しかし暗号

シュムシュ島、水上飛行機基地にて、長崎県人の諸兄と。
筆者は後列右端。

員は、入電がある時だけ暗号文を解読して、隊長に報告すればよかったので、普段は付近を遊び回っていた。電気担当員も、通信機を使用する時と、夜間に電灯を灯す時だけ発電すればよかったので、彼も普段は幕舎で遊んでいた。むろん江頭も特定の任務はなく、たまに整備員に飛行機のパーツの修理を頼まれるぐらいで、ほとんど遊んでいた。

しかし私には、水汲みと風呂焚きの仕事があった。もちろん水は、ベットブ湖に溢れていた。しかし飲料水にはならないので、飯も炊けなかった。湖の水は洗濯と風呂水にするだけだった。したがって飲料水は毎朝、湖の北側の湧水を整備兵と上陸用の舟艇で汲みに行かねばならなかった。飛行機は、風雨の強い日は飛ばないが、水汲みはどんなに風雨の強い日でも行かなくてはならなかった。しかも整備兵たちは全員が交替で行くが、私は毎朝行かねばならなかった。私と同年兵の衛生兵はいたが、彼は整備兵たちの指の傷など治療する軍医を幇助しなくてはならないので、水汲みには行けないのだった。だから、時には遊んでいる江頭が交替して行ってくれてもよさそうなのに、階級が一つ上(彼は兵長に私は上等兵に進級していた)というだけで、偉ぶって交替して行ってくれようとはしない。艦では、班長にオベッカを使って小まめに動き回っていたが、休暇には帰してもらえず、基地に派遣された腹いせか、少しも動こうとはしない。

ちなみに、基地での浴槽はドラム缶を使用していた。もちろん入浴するのは偉い人から順番であった。

ベットブ湖の近くには、小高い山を隔てて、ベットブ沼という海から続いている入り江があった。入り江の奥は深くなっており、鮭の産卵場所になっていた。私が基地にいた頃が産卵期だったのか、大きな鮭が群れをなして海から浅瀬の岩の間を這い上がってきていた。鮭は生まれた場所に戻ってきて産卵してその生涯を終えるそうだが、海から上がってくる鮭の体は傷だらけだった。

なお、前述した別所二郎蔵氏の住まいも、ベットブ沼のすぐ近くにあった。

整備兵たちは、昼の休憩時間を利用して、ボロ網を持って鮭獲りに出掛けていた。私も一、二度ほど同行したことがあったが、浅瀬を這い上がってくる鮭は手で掴めた。だから、獲ろうと思えば

シュムシュ島基地、烹炊風景

いくらでも獲れた。しかし一度にたくさん獲って来ても、処置に困るので、叺《かます》に一杯ぐらい獲って来た。
そして獲って来た鮭は、早速その日の隊員たちの夕食に塩焼きにして供された。かつて私は、一度も生鮭の塩焼きなど食ったことはなかったが、なかなか美味いものであった。もちろん艦では塩焼きの魚など、下士官兵の口に入ることはなかった。塩焼きどころか、まともな姿の魚も食わせてもらえなかった。これも、基地だからこその贅沢であった。
私は電気担当の古参兵と二人、烹炊所から米をギンバイして来て炊いて、鮭の卵を砂糖醤油で煮て食ったこともあった。これもなかなかおつな味がして美味いものであった。
飛行隊員の滝川飛行兵曹長は、鮭の燻製を作るため、地面に穴を掘って鮭を燻ぶらせていた。しかし鮭は、クスンとも言わず、隊員たちの失笑を買っただけであった。

滝川飛行兵曹長は、水上偵察機では絶対に不可能と言われていた宙返りを、物の見事にやって退けるほどの名パイロットであった。しかし鮭の燻製はさすがの名パイロットも、さっぱり形無しであった。


シュムシュ島は、九月の初旬頃になると、気候が急変して激しい寒気に襲われ、大豆のような雹《ひょう》が降り始めていた。降るというより叩き付けるような感じで、顔や躰に当たると痛かった。まるで天から鬼が石を投げ付けているような感じであった。

しかも七月の初旬からベットブ湖は増水し始めていた。基地を設営した当初は、幕舎は湖の岸辺から三十メートルほど離れた位置に設けていた。しかし、増水するにつれて二度も幕舎は移動していた。それでもさらに増水は続いていたので、九月の初旬頃には、幕舎のすぐ前まで接近していた。幕舎の前は、人が一人通るのがやっとだった。

湖の増水が季節的なものなのか、それとも山の根雪が溶けて増水するものか、もちろん私が知る由もなかった。しかし山に積もっていた雪が溶け始めているのを見ると、それで湖が増水していたのかもしれなかった。

そして、やがて九月の中旬過ぎに、基地が撤収されることになった。その撤収が、酷寒に向かうせいか、それともアメリカ軍の攻勢が激しくなってきたせいか、もちろん私が知る由もなかった。しかし、アメリカ軍の攻勢が激しくなっていたのは事実であった。

これより先、キスカに駐屯していた部隊が撤退する際に、君川丸も救援に向かったことがあった。横浜港を出港して、シュムシュ島へ向かって航行していたある夜半に、君川丸は途中でコースを変え、キスカの部隊の撤退の救援に向かっているという情報を、艦橋から降りて来た航海科の下士官が、居住区にいた下士官兵たちに伝えると、下士官たちは肝を潰し、

「あるいは、これが最期になるかもしれないから、今のうちにせいぜい飲んだり食ったりしておけ」

と焼けっぱちに言って、酒保倉庫に保管してあった酒やビールやサイダーやお菓子など持ち出して来て、みんなで飲んだり食ったりしていた。おかげで下っ端の兵隊たちも、士官用の東京の虎屋の羊羹《ようかん》やお菓子など鱈腹食わせてもらった。

また、ある兵科の二等兵曹は、

「末期の酒だ！」

と焼け糞に呷っていた。

下士官たちの浮足立っている様子を、私は傍見していて、普段の威勢はどうしたのかと嘲笑したかった。

しかし、あいにくその夜は、一寸先も見えないほどの濃霧だったので、手探りで航行を続けてい

た君川丸は、途中で救援に行くのを断念し、シュムシュ島へ引き返した。午前一時を過ぎた時分に、本艦はシュムシュ島へ引き返しているという情報が、居住区にいた下士官兵たちに伝えられると、下士官たちの間から大歓声が起こっていた。

さて、基地の撤収を終えた私が艦に戻ってみると、工作科の木工班には、私たちに一期後輩の近藤という小柄でハンサムな徴募兵が乗艦していた。

彼も艦には弱いらしく、片岡湾を出た艦がローリングし始めると、蒼白い顔をしてふらふらしていた。

休暇を終えて海上勤務を続けていた築地は艦にも慣れ、船酔いもしなくなったらしく、新入りの近藤が蒼白い顔をしてふらふらしていると、かつて己が、河北に痛め付けられたように、

「貴様！　気合が入っとらん」

と先輩面して怒鳴り付け、後輩とはいえ、己より年長の近藤を、さも憎々しい顔付きで痛め付けていた。

その時の築地の形相は、かつて己が河北に痛め付けられのを仕返しているように、私の目には映った。私はそういうあこぎなことをするのは嫌いだったので、私が下級兵を殴り付けたのは後日、海兵団で一度だけだった。それも止むを得ない事情からであった。

もちろん一度もバッターを振るったこともなければ、触ったこともなかった。

しかし私も、四カ月ばかり揺れない陸上で生活していたせいか、再び船酔いするようになってい た。片岡湾を出た艦が流氷の海域を抜けてローリングするようになると、立っているのさえ苦痛だった。しかし後輩の近藤の手前からでも、古参兵の己が弱音を吐いてはいけないと思って、何とか我慢していたが、ついに音《ね》をあげ、

「おい、ちく（築地のニックネーム）おれはちょっと寝るからな」

と言って、木材置き場に潜り込んだ。

私は寝ていて思っていた。新入りの近藤は気合が入ってないといって、築地に痛め付けられているのに、古参兵の己は、気分が悪いと寝ている。

とにかくかつての海軍では、こうした矛盾したことが平気で行われていた。

南方転戦

ベットブ湖の水上機基地を撤収して佐世保軍港に帰投した君川丸は、後期の兵員たちの帰省休暇を終えると、海軍工廠の岸壁に係留され、輸送船に改装されることになった。

この時、日本海軍の輸送船は、ことごとくアメリカ海軍の潜水艦や飛行機に撃沈されてしまって払底していたので、それを補充するため君川丸も輸送船として改装されることになったのであった。

海軍工廠の工員たちが改装工事を行うため乗り込んで来ると、乗組員たちは、追い立てられるようにして退艦して、佐世保海兵団の各兵科の補充分隊に仮入団することになった。海兵団の工作科分隊は、木工と金工は分隊が分かれていたので、もちろん木工の私たちも分かれて仮入団した。だから私は、君川丸の金工班員だった皆とは、一度も会ったことはなかった。金工分隊がどこにあるのかさえ、私は知らなかった。

君川丸では、先任兵長と幅を利かせていた河北も、海兵団の補充分隊に仮入団すると、借りて来た猫のように、おろおろしていた。もちろん海兵団では、君川丸に勤務していた時のように酒も飲めないのであった。だから時には、私を頼って話に来ることもあった。まるで立場が逆になっていた。

海兵団の各補充分隊には、乗り組んでいた艦が撃沈され、次の勤務先が決まるまで待機していたり、乗り組みを命じられた艦が入港するのを待っていたり、その他、もろもろの事情で、多くの下士官兵が仮入団していた。しかし仮入団している下士官兵は、定員分隊(常駐)の下士官たちに、厄介者扱いされていたので、たとえ上等兵曹でも、肩身の狭い思いをしていた。だから兵長の河北ごときはなおさらであった。

しかし彼は、仮入団して十日ぐらいして、直ちに転勤命令が下された。転勤することが決まったその日に私のところにやって来て、

「駆逐艦に乗り込むことになったよ」

と悄然としていた。

彼が落胆するのも、頷けなくはなかった。駆逐艦のような小型の艦では、たとえ古参の兵長だったにしても、君川丸当時のようには幅も利かないし、酒も飲めないのであった。それに駆逐艦は、常に第一線を駆け巡らねばならないので、生命の危険も伴うのだった。しかしそれでも彼は、無事に復員したそうであった。しかし復員後、病に倒れて長逝したそうであった。戦後、十年ほどしてから私が長崎を訪れた際に彼の家へ電話をかけると、電話口に出た奥さんのお話であった。

河北が転出して、間もなくして築地も転出していた。しかし彼は、竹下兵曹にも私にも一言の挨拶もせずに出て行ったので、どこへ転勤したのかも、いつ出て行ったのかも全く知らなかった。彼

は稚気な面があったので、かつての上司だった竹下兵曹にも同僚だった私にも、挨拶することすら知らなかった。

もちろん近藤も、いつ転出したのかも知らなかった。海兵団に仮入団してからも、彼と顔を合わせたことは一度もなかった。

私は、昭和十九年の正月を迎えて間もなくして輸送船の山陽丸乗り組みを命じられた。山陽丸も昭和十八年頃までは特設水上機母艦としてソロモン島方面で活躍していたらしい。だが十八年一月十八日、アメリカ空軍のB17八機とグラマン戦闘機四機に、停泊していたのを爆撃され、直撃弾を受け、三十名近くの死傷者を出したそうであった。

その後、輸送船が払底したので、輸送船に改装し、南方戦線へ兵員や軍需物資など輸送していたそうだった。

木工分隊から山陽丸に転勤するのは、私の他に、召集の四十年配の石田二等工作兵曹がいた。彼は佐賀県の出身で、召集されるまでは満鉄（旧南満州鉄道）に勤務していたそうであった。だから山陽丸に乗り組んでからは、よく満鉄に勤務していた当時のことを話して聞かせていた。また召集されてから下士官に任官したことも話していた。

私たちの他に、機関科分隊から召集の四十四、五歳の上等機関兵曹が一名と、兵科分隊から現役の二等兵曹の二名が一緒に転勤して行くことになった。

当時、山陽丸は小修理のため呉軍港に停泊していたので、転勤命令が下された日の夜行列車で出発した。あいにくその夜の佐世保は激しい降雪だったので、その雪の中を私たち五名の者は、衣嚢を担いで駅へ急行した。

私が発つ時、君川丸の木工班長だった竹下兵曹はまだ海兵団にいたので、山陽丸に転勤することになったことを告げ、

「いろいろお世話になりました」

と頭を下げた。

「おうそうか、しっかり頑張れよ」

と竹下兵曹は親しく励ましてくれた。

しかしその後は、竹下兵曹とも、かつての君川丸当時の木工班の皆さんとも、再会するチャンスはなかった。しかし河北氏は、前述したように復員後、病没されたそうだった。また山本兵曹や田尻兵曹や堀之内兵長とは、海兵団でも会ったことはなかったので、私は転勤する際も挨拶もしなかった。もちろん、その後の消息も分からなかった。

私たち一行が呉軍港へ着いて山陽丸に乗り組む際に、兵科の下士官の一人が、

「この艦は、どうも影が薄いなァ」

と呟いた。

彼の予言は後日、見事に的中した。

また彼は、

「もう泳がされるのは嫌だからな」

とも言っていたが、以前に乗り組んでいた艦が撃沈され、太平洋で海水浴をしたことがあったのかもしれなかった。

太平洋での海水浴は、私も二度したことがあったが、それは決して感じのいいものではなかった。

山陽丸は、輸送の任務はしていたが、一応名称は『軍艦』になっていた。しかし任務は他の輸送船と変わらなかった。変わっているのは乗組員が軍人というだけだった。しかも士官は艦長と副長の他は、予備士官（旧高等商船学校出身の召集の高級船員）と特務士官（兵からたたきあげた士官）ばかりだった。その他に、陸軍少尉の肩書を持った通信員が一人、士官待遇で乗り組んでいた。

彼はユーモリストで、南方で上陸する際は陸軍少尉の軍服を着て軍刀を下げて上陸していた。彼はかつては、外国航路の大型商船に乗り組んでいたそうで、非番の時は私たちのところに遊びに来て外国の面白い話をして、私たちを笑わせていた。

彼は陸軍少尉の肩書を持っているだけに、准士官の兵曹長など、端《はな》から嘗《な》めてかかって歯牙にもかけていなかった。だから中には彼の悪態をつく、兵曹長もいた。

運用長の予備大尉（実際はこの時、予備は廃止されていた）は、かつては大型貨物船の船長をしていたそうで、後日、呉軍港を出港する際に、私が吃水線を測定して艦橋にいた運用長に報告に行くと、運用長は私の測定の仕方を不審に思い、

「この測定は間違っているね」

と物柔らかな口調で言って、私と艦尾まで測り直しに行った。

なるほど私の測定の仕方が間違っていた。しかし運用長は怒りもせず、測定方法を私に親切に教えてくれた。さすがは、ベテランの船乗りだ……と私は甚く感服した。

なお山陽丸が出港する際は、私が吃水線を測定して、艦橋の運用長に報告に行くことになっていた。

工作学校では教わらなかったが、艦が出港する際は、搭載している荷物の重量によって吃水の深度が異なるので、必ず吃水線を測定しなくてはならないらしい。それに基づいて艦は運航するそうであった。それで君川丸が出港する際は、河北が走り回っていたのかもしれない。だが彼は、愚にもつかない御託は並べていたが、そういう肝腎なことは一言も教えてくれなかった。それだけ彼は、精神的欠陥があって下級兵に対する指導能力に欠けていたのかもしれなかった。しかし今となっては、これも昔語りである。

山陽丸でも工作科は、やはり機関科分隊に所属していた。工作科員は、木工が（名前は忘れた）現

役の上等工作兵曹一人で、金工は召集の年配の痩せた湯川上等工作兵曹と、私と同年兵の丸田がいた。しかし私は、山陽丸に乗艦するまでは丸田が私と同年兵だとは知らなかった。でも彼は、私が転勤して来るのを知っていたらしく、私が乗艦すると、気安く話し掛けてきた。

彼ら三人に石田兵曹と私が加わったので、木工員が三名になり、工作科は全員で五名になった。それから何カ月かしてから、やはり召集の痩せた半病人の年配の下士官が現地のどこからか金工員として転勤して来た。彼はマラリヤに罹っているそうで、夜中でも熱を出して震えていた。それでも内地へは帰してもらえず、マラリヤと闘いながら、勤務していた。かつての海軍はそんなところだった。

工作科は人数が少なかったので、一個班に纏まって木工員の上工曹が班長をしていた。彼はモンキーそっくりの顔付きをしていて、しかもおっちょこちょいだったので、いつも石田兵曹にからかわれていた。それでも怒るでもなく、アホみたいににこにこしていた。

「馬鹿じゃなかろうか?」

と私は思っていた。

そのくせ臍曲がりで、私と丸田が何かヘマでもやらかすものなら、窪んだ目を三角にして怒鳴り付けていた。

工作科の掌工作長は、機関科の特務少尉の掌機長が兼務していた。彼もやはり佐賀県の出身で、召集されるまでは、役場の兵事係をしていたらしい。召集されてから少尉に任官したそうだった。なお工作長は、召集の予備大尉の機関長が兼務していた。

掌機長は、時たま私を私室に呼んで、髭を剃らさせていた。生前の祖父は、いつも私に髭を剃らせていた。だから髭を剃るぐらいは朝飯前だった。しかし私が髭を剃るのが得意だとは知る由もないのに、なぜか掌機長は、いつも私に剃らせていた。

私はかねてから、士官の短剣を見てみたいと思っていたので、髭剃りを済ませると、髭の剃り後を鏡に写してみて顎を撫で回している（掌工作長を兼務していたが、掌機長と呼ぶのが呼び易かったので、工作員たちはみんな掌機長と呼んでいた）掌機長に、

「掌機長、短剣を見せて下さい」

と頼んでみた。すると掌機長は、

「おう、そこに吊ってあるから見てみろ」

と壁に吊ってある短剣を顎で示した。

私は短剣を手に取り、おれも早く出世してこれを吊るようにならねば、と思いながら、腰に吊ってみた、意外に重たかった。軍帽も掛かっていたので被ってみた。途端に士官になったような心境になった。短剣は、軍刀のようにピカピカに光っているものと思って、抜いてみて驚いた。錆だらけではないけれど、錆付いていていた。

「あっ、錆が付いてる」

思わず私は奇声を発した。すると掌機長は私に目を向け、

「こらっ、そがんもんば抜くもんじゃなか。それは飾りで吊っとるだけじゃ」

と澄ましていた。

それに掌機長は右手の中指がなく、いつも軍手を嵌めていた。だから掌機長が、何本と数を示す際は、当人はない中指を数に入れて示すのだが、私たちには中指は見えないので、その分差し引いて訊ねると、慌てて掌機長は折れ曲がっている指袋を立てて示していた。その仕草が面白くて掌機長の意向は分かっていながら、わざと問い返していた。


山陽丸は軍需物資を搭載するため、私たち一行が乗り組んでから、さらに十日間ぐらい呉軍港に停泊していた。その間には、むろん上陸も許された。この時の入湯上陸（夕食後から翌朝の八時まで）の際に、木工員の石田兵曹が集会所に宿泊していて寝過ごして帰艦時刻に遅刻したことがあった。

上陸していた下士官兵たちが帰艦しても、彼だけが帰艦せず、舷門には彼の上陸札だけ残っていた。八時を過ぎても帰艦する気配がないので、工作科のみんなが心配して捜索に行ってみようかと相談しているところへ彼が息せき切って戻って来た。帰艦した兵曹は、直ちに先任衛兵伍長や機関

科の特務下士官や先任下士官に平謝りしていた。しかし彼は、下士官だったからよかったものの、下っ端の兵隊だったら、それこそ半殺しされるところだった。

私はこの時の入湯上陸の際に入渠している戦艦『大和』を初めて間近に見た。航行しているのは後日、南方の海上で眺望したことがあった。しかし、入渠しているのを見るのは初めてだったので、その威風堂々たる容姿に私は圧倒された。

艦首の吃水線下は、丸く出っ張っていて、バルバス・バウというものだそうで、これで波の抵抗を少なくしてスピードをアップすることが出来るのだそうであった。しかしその大和もたいした働きもせず、昭和二十年四月七日、アメリカ海軍部隊の集中攻撃を浴び、九州の坊の岬沖で乗組員二千四百九十八人と共に沈没した。大和の姉妹艦の『武蔵』は、その前の昭和十九年十月二十二日、アメリカ海軍部隊の飛行機と潜水艦にて雷撃を受け、シビヤン海にその勇姿を消した。

武蔵の進水式の際は、物々しい警戒態勢の中で、私は物陰に隠れて眺望していた。勢いあまった武蔵は対岸の岸壁に激突し、民家に多大の損傷を与えた。

私たちが乗り組んで初めての航海の時は、四、五隻の輸送船と船団を組んで、山陽丸は呉軍港を出港した。この時、すでに輸送船の大半はアメリカ海軍の潜水艦や飛行機に撃沈されてしまい、残っている輸送船は、さしてスピードも出ないぼろ船ばかりだったので、十八ノットのスピードの出る山陽丸は、他の輸送船にスピードを合わせて航行しなくてはならなかった。

この航海の時は、日本列島を離れるまでは飛行機も護衛してくれ、現地までは駆逐艦が護衛してくれるはずだったのだが、スピードの出ない輸送船の周囲をフル・スピードで対潜哨戒に走り回っていた駆逐艦は、途中で遥か彼方の水平線まで対潜哨戒に走り去ったまま二度と戻って来なかった。おそらくアメリカ海軍の潜水艦か飛行機に、撃沈されたのかもしれなかった。

この航海の太平洋上で、一隻の輸送船が、エンジンが故障したのか航行不能に陥った。ぼろ船ばかりだから、エンジンも故障し易いのかもしれなかった。しかし危険な洋上で、一隻の輸送船のため、船団が停止して、エンジンの修復を待ってるわけにはいかなかったので、その輸送船は置き去りにし、その他の輸送船は現地へ向かった。

その輸送船がエンジンを修復し、果たして難無く現地へたどり着けたものか、もちろん私が知る由もなかった。停止しているのをアメリカ海軍の潜水艦に見付かっていれば、恰好の餌食にされていたかもしれなかった。

その後の航海には飛行機の護衛はおろか、駆逐艦も護衛してくれず、海防艦が、一隻だけ護衛してくれた。しかし兵器の装備もない海防艦では、敵の潜水艦と遭遇しても、応戦するのは不可能であった。撃沈された輸送船の乗組員を救助して、遁走するのが関の山であった。まかり間違えば、逆に追い討ちを食らって、艦もろとも海底の藻屑と消える憂いさえあった。

それでも幸い、次の航海もどうにか無事に目的地へたどり着けた。たしか、この航海の時だったと思うが、艦橋にいた運用長に私が報告書を持参した帰り、士官公室の前を通りかかってふと室内を見ると、私が工作学校に在学していた当時、医務室に勤務していた禿茶瓶の衛生大尉が便乗していた。

私は在学中に指を怪我して、治療に通っていたことがあった。そんなある日、手の甲を大きく腫らした練習生が、治療してもらいに来た。すると衛生大尉は、脇で練習生の傷を治療している軍医長には伺いもせず、藍色《あいいろ》に腫れているのを一瞥するなり、無造作にメスで切開した。しかし、手の甲は皮が薄いので、血管まで切断したらしく、途端に鮮血が噴き出した。驚いた衛生大尉は、止血しようと、いろいろ処置していた。だが、容易に出血は止まらず、ついに彼はさじを投げ、帮助していた衛生兵に後の処置を任せてそそくさと姿をくらませていた。もちろん、一介の衛生兵の手に負えるはずもなく、慌てて軍医長に泣き付いていた。しかし、軍医長の手にも負えず、直ちに横須賀海軍病院へ運ばれて行った。

おそらく衛生大尉は、その時の懲罰として南方戦線へ左遷されたのかもしれなかった。心なしか悄然としている彼の顔を垣間見ていて私は、そう思っていた。かつての工作学校の医務室では、医師の資格もない衛生士官や、衛生下士官たちがいとも簡単に練習生の傷を治療していた。当時の海軍の実施部隊には、軍医でもろくすっぽなのはいなかったのに、一介の衛生士官が手術的な行為をしていたのだから、無茶苦茶な話であった。

さて、話は脇道にそれたが、話に聞いていた南十字星を初めて私は目にした。冴え渡った夜空に一際明るくきらめく南十字星は、神々しいまでの美しさであった。

こんな美しい星空の下で、人間同士が殺し合うとは、実に嘆かわしい限りであった。

南方の昼間は海上での船内はうだるような暑さであった。わけても下甲板に設けてある下士官兵の居住区は、通風がよくないので、さながら蒸し風呂も同然であった。居住区の丸窓は開け放してあるが、微風すら吹き入らない。残飯を居住区に置いてあっても、炊き立ての飯のようにホカホカしている。

それでも、風通しのよい艦橋の下の陽影に上がって行くと、クーラーもいらないぐらいだった。だから私は、航海中に艦橋に用事があって上がって行った時など、時には艦橋の下で涼をとって来ることもあった。そよ風に頰を撫でられながら、広漠とした海原を眺望していると、時にはイルカの群れが、艦と並んで泳ぐのが見られることもあった。時たま丸い背中を海面に出してジャンプする情景は実にユーモラスであった。

太平洋はしける日が多いので、山のような波のうねりに一万五千トンの艦は、さながら小舟のように弄ばれ、しきりにローリングとピッチングを繰り返す。また時には高い波が艦首の上甲板を洗い流すこともある。だから上甲板を歩く時は、波にさらわれないように気を付けなくてはならない。海が荒れている日は駆逐艦のような小型の艦は波間に没してしまい、沈んだのではないだろうかと思えるぐらいである。また艦のローリングが激しい時に居住区へ降りる際は、ローリングが反転する一瞬の隙に一気に駆け降りなかったら、真っ逆さまにでんぐり返って頭を打撲する。

海が荒れている日は、艦が揺れるように、躰も揺すられるので、腹が減って食事が待ち遠しいぐらいである。わけても航海中に出る夜食のオジヤは、この上ない御馳走だった。だから私は、大食器に二杯も平らげていた。

しかし太平洋は荒れていても、南方の海はほとんど荒れることはなかった。湖のような海原をまるで滑るように航行する艦の艦橋の下で涼をとりながら、点在する美しい島々を眺望していると、あたかも観光旅行でもしているような錯覚を起こし、戦争中であることさえ忘れる。

しかしそんな感慨に耽るのは、南方の島の風景を初めて目にする私だけで、他の乗組員たちは常に緊張して勤務している。もちろん私も、気持ちは引き締めている。一見穏やかそうに見える海域でも、決して油断は禁物であった。航行している際に突然『戦闘配置に付け』のブザーが鳴り出すことがあった。

点在している島の近くを航行していると、島の周辺の海域に、美しいヨットが浮遊していることがあった。それらのヨットの中には無線機を搭載しているのもいて、日本海軍の動静をスパイしているらしい、という話も私は聞いたことがあった。

目的地に着いた山陽丸が軍需物資を降ろすため、島の沖に投錨すると、逸速く原住民の男たちがカヌーにバナナやマンゴ、魚や鶏を満載して、日本のたばこと交換にやって来ていた。もちろん日本でも、民間ではたばこはすでに配給制になっていたが、やはり彼らもたばこは不自由しているようであった。

物珍しさもあって、私も一度だけ交換したことがあった。居住区の丸窓から、戦給品のたばこ(戦時中、戦時給与品といって国から無料《ただ》でもらった『誉《ほまれ》』というたばこ)を紐で括って降ろしてやると、その代替に果物を揚げてやるのだった。

私が山陽丸に乗艦した際に、私と同年兵の金工員の丸田は、南方に行けば美味い果物がいっぱいあるぞ、と子供のようにはしゃいでいたが、バナナはともかく、その他の果物はやはり日本の果物が美味いと私は思った。

後日、山陽丸がサイパン島に寄港した際に私は上陸し、ある民家のおばあさんに椰子の実を買って、鉈《なた》で割ってもらって汁を飲んでみたが、冷せばどうだか、生温くて美味いものではなかった。

原住民の男たちは、一度交換に応じると、それに味を占め、艦が停泊中は連日のように群れをなしてやって来て、片言の日本語で、『たばこ、たばこ』と、しつこく交換を要求する。私たちは現地の言葉が喋れないので、手真似で「あっちへ行け」と追い払っても、一向に戻らない。あまりしつこく交換を要求する時は、丸窓からバケツで水をぶっかけて追い払ってしまうのであった。すると彼らは怒ったように、何やらわけの分からぬことを喚きながらクモの子を散らすように退散してしまっていた。たぶん私たちの悪口を言っていたのかもしれなかった。

奴さんたちには悪いが、そうでもして追い払わなくては、毎日たくさんのカヌーに艦の周囲に群がられたのでは、今度は私たちが、偉い人に怒られるのであった。

現地にも葉巻のようなたばこはあったが、喫《す》ってみると、辛くて、とても喫われるものではなかった。それで彼らは、日本のたばこを欲しがっていたのかもしれなかった。しかし彼らも、交換に慣れてくると、黴《かび》臭くなった誉を降ろしてやっても、臭いをかいでみて、手真似で臭いといった仕草をして、交換には応じなくなっていた。

フィリピンのマニラでも、やはりたばこは不自由していたらしく、艦の酒保では五銭で買える『光』が、マニラでは五円で売れるという話だった。だから上陸する兵隊たちは、帽子の中やズボンの裾などに隠して上陸し、遊ぶ金を稼いでいたらしい。しかし、後にはそれが露見し、山陽丸が寄港した際は、上陸する兵隊が持参するたばこは、一人に二個と限定されていた。それでも一個を金に替える兵隊もいたらしい。

この時、私は機関科の下級兵と上陸した。しかし、マニラの街は二人とも初めてだったので、どこを散策する当てもなく、あまりの暑さに、暑さ凌ぎに道端の喫茶店に入った。入り口の陳列には、冷えた西瓜《すいか》が、細切れにして並べてあった。

西瓜は、英語では何と言うのか、私は知らなかったので、相棒に、

「おい、西瓜は、英語で何と言うのか?」

と訊ねると、彼は、

「さあ、知りません」

と首を傾げていた。

「何だ、おまえは、それくらいの英語も知らないんか」

己も知らないくせして、私は先輩面して、偉そうに言いながら、奥の方から現れた若いウェイトレスに、

「これ」と指で示すと、彼女は、

「スイカネ」

と美しい笑顔で出してくれた。

その時、初めて西瓜はウォーターメロンと言うのだ、と私は彼女に教えられた。彼女が日本語を喋れるのに私は驚いて、

「あなた、にほんごがわかりますか?」

と訊ねると、

「スコシネ。ワタシノオトサンニホンジン、デモ、イマイナイ」

と悲しそうにしていた。

私が西瓜を食いながら、理由《わけ》を訊ねると、母はフィリピン人で父は日本人だが、戦争が始まると同時に父はアメリカ兵に拉致され、どこかへ連行された、と言ったような意味のことを話していた。スペイン系の色白の十九か二十歳ぐらいの娘さんで、話しているうちに日本人に見えてきた。もちろん彼女の躰には、日本人の血が混じっているのであった。

そして別れ際に、自分も一度、父の祖国へ行ってみたい、と寂しそうに言っていた。

彼女も、戦争の犠牲者であった。

ちなみに、私と丸田はこの時すでに兵長に進級していた。しかし、下級兵がいなかったので、食卓番はもちろん、下士官たちの身の回りの世話も、二人でしていた。

山陽丸沈没

長い航海を終えて、無事に現地の港に投錨すると、事情の許す限り、上陸が許可された。しかし、単独行動は厳禁されていた。南方の島は、一見平穏そうでも、地域によっては日本軍に反発するテロリストが暗躍していたので、絶対に油断は出来なかった。

これは後日、私が漏れ聞いた話だが、どこかの島で、上陸した兵隊が単独行動していてテロリストに殺害され、身ぐるみ剥ぎ取られて屋外に放り出されるという痛ましい事件も起きたそうであった。

私も一度、危険な目に遭遇しかけたことがあった。ミンダナオ島のザンボアンガの沖に停泊していた際に、上陸が許され、もちろん単独行動することは許されなかったので、機関科の同年兵と上陸したのだが、別に見物するところもなかったので、雑然としているマーケットの中をうろうろしているうちに相棒とはぐれ、やむなく独りでマーケットの中をうろうろしていると、マーケットの入り口から小柄な若い女に手招きされた。不審に思いながら私が歩み寄りかけると、女は入り口を出て、小さな家並みの前の狭い道路を、後からついて行く私を振り返りながら、急ぎ足で行くので、

「これは、どうも怪しい」

と直感した私は、後ろも振り向かず、そのまま艦に戻り、機関科の古参兵に事情を説明すると、

「あの付近は、危険な場所だ」

と教えてくれた。

その話を聞いて、のこのこついて行かずによかった、と私は安堵の胸を撫で下ろした。

そんな危険な地域のせいか、私たちが上陸した時も、時たま、憲兵の威嚇射撃の銃声が轟いていた。

そして、私が山陽丸に乗艦してから初めて寄港していたトラック島は、昭和十九年二月十七日、アメリカ海軍の機動部隊に猛攻され、千七百名の陸軍部隊の将兵が戦死した。その二日前に山陽丸は出港していたので、危うく難を免れた。

続いて七月七日には、今度はサイパン島がアメリカ海軍部隊に猛攻されて、陥落した。サイパン島が陥落すると、在留邦人の大半は、後にバンザイクリフと呼ばれていた断崖から投身自殺していった。

トラック島とサイパン島の両島を奪回したアメリカ海軍は、次に硫黄島も奪回するため、日本近海に機動部隊を集結させ、重爆撃機のB29で、頻繁に日本本土を爆撃していた。

その前の昭和十九年五月二十二日、便乗の呉海軍部隊や軍事物資を搭載した山陽丸は、護衛艦も付かずに単独航行で、セレベス島へ向かって呉軍港を出港した。幸いにも、途中でアメリカ海軍の

潜水艦とも遭遇せず、何とかセレベス海に差し掛かった山陽丸は、アメリカ海軍の潜水艦の攻撃を免れるため、之の字運動（蛇行）を行いながら、航行中のことだった。敵の潜水艦に狙われているのも探知することが出来ず、五月二十七日（この日は、日本の海軍記念日だった）の日暮れの五時頃、不意に雷撃された。魚雷は、艦尾の右舷と機関部の右舷に撃ち込まれた。初めの魚雷が艦尾に、二発目のが機関部に命中していた。しかし、機関部に撃ち込まれたのは急所を外れていたので、轟沈だけは免れた。しかし、もはや航行不能に陥ってしまった。

雷撃されるのと同時に艦内の電灯はすべて消えてしまった。下士官兵の居住区も暗闇になった。やがて艦は徐々に右舷に傾き始め、立っているのもやっとだった。食事の用意にかかりかけていた私が、慌てて上甲板に駆け上がって見ると、すでに艦尾は海面すれすれまで没していた。

危うく難を免れて機関室から這い上がって来た機関兵長は、顔面を油煙で真っ黒にし、目だけぎらぎらさせ、

「機関室には、物凄い勢いで海水が浸水している」

と唇を震わせていた。

艦尾の兵員室には、便乗の派遣隊員たちがいたので、もしかしたら隊員たちの中にも、死傷者が出ていたかもしれなかった。しかし死傷者の有無は、前甲板にいた乗組員たちのところには伝わって来なかった。が、やはり負傷者が出ていた。雷撃されて、小半時ほどしていると、負傷した下士

官を、隊員たちが艦橋の下のデッキに運んで来た。周囲はたちまち血の海になった。

私がごわごわ傍に近寄って見ると、右脚の脹らはぎの肉が削り取られ、白い骨が覗いていた。下士官は激痛を堪えきれないらしく、断末魔の呻き声を上げている。兵隊の通報で応急処置に駆け付けた上等衛生兵曹は、傷を見た途端に肝を潰し、負傷者はそっち退けにして、

「軍医長！　軍医長！」

と顔面蒼白にして絶叫していた。

しかし、軍医長が現れる気配はなかった。

隊員たちはタオルで大腿部を縛って、止血しようとしていた。しかし、なかなか出血は止まらず、下士官は呻き続けていた。

周章狼狽した衛生兵曹が、首に青筋立てて軍医長を呼び続けていると、艦橋から降りて来た航海科の下士官が、

「軍医長は、艦橋に上がっとるぞ」

と冷笑を浮かべていた。

下士官の様子から推察すると、雷撃された途端に軍医長は肝を潰し、逸速く艦橋へ駆け上がって行って震えていたのかもしれない。斯かる緊急事態の際に、医者が艦橋へ行っていたところで何の役にも立たない。せいぜい邪魔になるのが落ちである。

戦闘の際は、軍医や衛生下士官兵たちは、負傷者の応急処置をするのが、大事な任務である。にも拘わらず、雷撃に脅えて、逸速く艦橋へ遁走するとは言語道断である。普段は軍医だ下士官だと威張り腐っているくせに、いざ鎌倉という時には何の役にも立たないのだから、話にもならない。

応急処置さえ充分にしていれば、よしんば片脚は失ったにしても、一命だけは取り留め得たはずなのに、軍医や衛生兵曹がお粗末だったばかりに、下士官は出血多量で、退避するカッターの中で、惜しくも敢え無い最期を遂げた。

もっとも、一介の藪軍医大尉ぐらいでは、充分な応急処置が、なし得たかどうかも疑わしいことだったが……。かつての海軍の軍医たちは、概して藪が多かったのも紛れも無い事実であった。嘸《さぞ》かし下士官は悔しい思いで絶命したことだろう。実に嘆かわしい限りであった。

益々傾斜がひどくなった上甲板では下士官たちが、艦長の退避命令を待つ間、酒保倉庫からお菓子やサイダーなど持ち出して来て、

「どうせ沈んでしまうのだから、今のうちにおまえらも、腹いっぱい、飲んだり食ったりしとけ」

と言って、兵隊たちにも飲んだり食ったりさせ、自分たちも焼け糞になって飲んだり食ったりしていた。

夕食前だったので、全員が空き腹を抱えていた。全員で飲んだり食ったりしていると、その時分

になって、艦長から、

「工作科員、防御用意」の命令が出た。

艦は右舷に四十五度以上も傾斜し、艦尾はすでに海中に没しているというのにである。

雷撃された時から、防御など出来るような被害状況ではなかった。逆巻く怒涛のように浸水している海水を、どうやって防御したらよいものか、途方に暮れた。

しかし艦長の命令が出たからには、一応、防御するだけしてみなくてはならなかった。工作科員たちが、やむなく防御の準備に取り掛かろうとしていると、機関科の広津上等機関兵曹に、

「今頃になって、そんなことが出来るもんか、止めとけ」

と制止された。

ちなみに、広津上等機関兵曹は、私たちが新兵当時の、第三教班長をしていた広津太郎上等機関兵曹の、弟さんであった。

益々傾斜がひどくなった上甲板は、立っていることも出来ず、全員が四つん這いになったり、何かにしがみ付いたりしていた。上甲板に置いてあった器物は、片っ端にごろごろ滑り始めていた。

それからしばらくしてようやく艦長から、「総員退避」の命令が出た。

退避が始まると、艦長や副長、上級士官たちや重傷を負った下士官はカッターで退避した。その他の士官たちや下士官兵たちは縄梯子を降りて海中に飛び込んだ。私は退避する寸前に、被ってい

た艦内帽（木綿の白い略帽）を水兵帽に取り替えようと思い付き、傾斜のひどくなっているタラップを真っ暗な居住区へ駆け降りて行った。艦はすでに沈み始めているので、いつまでも、もたもたしていたら、艦と心中する憂いがあった。

私は大急ぎで帽子缶から水兵帽を取り出しかけ、それまで帽子缶の中に放り込んだまま忘れていたお守りに気付いた。このお守りは、私の入団が決まった際に、母と方々の神社を巡って戴いて来たのだった。そのお守り袋の中には、母の弟が神主をしていた村の氏神のお守りも入っていた。叔父は長崎の高等師範学校を出て小学校の教師をしていたのだが、肺病に冒されて退職し、父の跡目を継いで神主をしていた。

「叔父が病気になったのは、神主の息子が神主にはならず教師になったから……」

と母は言っていた。

しかし神主になっても、神様の怒りが解けなかったのか、私がまだ工作学校に在学中、四十二歳の若さで長逝した。

早く退避しなければならぬ、と気が焦っていた私は、半ば無意識にお守りを首にかけ、帽子を取り替え、手箱（下士官兵の日用品を入れる箱）の中からノートを取り出して懐に入れて、水泳用の褌を手にして上甲板へ駆け上がり、縄梯子を降りて海中に飛び込んだ。私が飛び込む時には、上甲板にはわずか二、三名の兵隊しか残っていなかった。

海中に飛び込んだら、なるたけ艦から遠く離れていなければ、船が沈没する際に起こる大きな渦に巻き込まれ、海底へ引き込まれる恐れがあった。全員が艦から遠隔した海域を散り散りばらばらに遊泳していると、

「鱶《ふか》に気を付けろよォ」

と遠くで誰かが叫んだ。

南方の海には鱶が群れをなしているそうであった。だから遭難して遊泳している際は、敵の潜水艦の襲撃もだが、鱶の襲撃にも気を付けなくてはならなかった。油断していると人間の匂いを嗅ぎ付けて襲来して、がぶりと脚を食い切られるかもしれなかった。かつて遭難した兵隊が、遊泳しているところを鱶に脚を食い切られ、名誉の負傷になったという笑い話のような実話も、私は聞いたことがあった。

鱶は、己のからだより大きな獲物は決して襲わない、という話を私は聞いていたので、海中に飛び込むと、晒の褌を腰に括って長く流して遊泳していた。そのせいだったのか、幸い鱶の襲撃には遭わなかった。

海中に飛び込んだ遭難兵たちが、約二時間ほど洋上を遊泳していると、艦が雷撃された際に間髪を入れず『ＳＯＳ』を発信していたらしく、間もなく海防艦が救助に駆け付けてくれた。海防艦が駆け付けくれた時、時刻は八時を過ぎていたはずであった。南方は日の暮れるのが遅いそうだが、そ

れでも洋上は、すでに夕闇に包まれていた。

海防艦はまず遭難兵たちを救助する前に、周辺の海域をフル・スピードで巡航しながら何発もの爆雷を投下していた。敵の潜水艦の再襲撃を免れるためだった。投下した爆雷が爆発するたびに、遊泳している遭難兵たちの腹に爆発音がズシン・ズシンと響いていた。投下した爆雷が爆発する際は、遊泳している遭難兵たちは躰を屈めていなければ、爆雷の爆発する振動で内臓が破裂する憂いがあった。

爆雷の投下を終えて遭難兵たちを救助した海防艦は、沈没する山陽丸の最期を見届けるため、遠隔した洋上をしばらく漂っていた。艦尾の方から没し始めている山陽丸は、艦の三分の二はすでに没していながら、それでも没しまいと、最後の力を振り絞って頑張っているように思えた。その様子を海防艦上から眺めていると、山陽丸の悲鳴が聞こえてくるようであった。

海防艦に救助された遭難兵たちが、前部のデッキから山陽丸の最期を見守っていると、艦長の従兵が、

「山陽丸の弔いに行くから、カッターを準備するように艦長が言っておられます」

と伝えに来た。

山陽丸はまさに没しようとしているのにである。下士官たちが困惑した表情を浮かべていると、傍にいた士官の一人が、

「何を馬鹿なことを言うのか。今頃危なくて行けるか、止めとけ」

と下士官たちを制止し、

「行きたけりゃ、独りで行けばいいんだ」

と怒ったような口調で言った。

艦が没する際に迂闊に傍に近付けば、巻き添えを食らってせっかく助かった命を落とす恐れがあった。艦長たる者が、それくらいの思慮分別もないのであった。元来この艦長は横暴な性格だったので、平生から副長とも、他の士官たちとも、しっくり行っていない様子だった。だから士官たちは、常に艦長に反感を抱いていた、という話だった。いや、あながち士官たちに限らず、艦橋に勤務する下士官たちにも受けが悪く、いつも彼らは、艦長の悪態をついていた。

しかもこの艦長は、夜間航行中に艦橋で、見張りの勤務に就いている兵隊が覗いている望遠鏡の前に故意に手を当て、兵隊が黙っていると、

「貴様！　眠っている」

と怒鳴って顎を殴るそうであった。

だから艦橋に勤務する下士官たちは、

「艦長たる者が、兵隊を殴るのだから……」

と呆れ返っていた。

もちろん見張りをしていて眠るのはよくないことだが、しかしそれにしても、いやしくも艦長たる者が、吹けば飛ぶような一兵卒に、暴力を振るわなくても、口で諭せば済むことであった。それくらいの肝っ玉が座っていればこそ、立派な艦長と言えた。

またこの艦長は、かつて山陽丸が、台湾の高雄港に寄港した際に、自家用にするため、百キロ入りのドンゴロスの白砂糖を購入し、内地へ運ばせたこともあった。庶民は空腹を我慢して、『欲しがりません、勝つまでは』と歯を食いしばって頑張っているというのに、かつての海軍の首脳陣の中には、こういう不埒な輩《やから》がいたのも、紛れもない事実であった。だから日本は惨敗したのであった。

さて、沈没すまいと最後の力を振り絞って頑張っていた山陽丸は、ついに力尽きたのか、仰《の》け反るように直立し、稲妻のような閃光と共に断末魔の悲鳴に似た轟音を立て、完全に海面から姿を消してしまった。

山陽丸の最期を見届けた海防艦は、直ちにフル・スピードで走り出した。どこへ連れて行かれるのか、もちろん私は知らなかった。艦が走り出すと、艦橋にいた少佐の艦長が、

「もし敵の潜水艦が現れたら、しょせん勝てないから、見張りを厳重にしろよ」

と見張り員に命じているのが、艦橋の前のデッキに車座になっていた遭難兵たちのところまで聞こえてきた。私はその言葉を聞いて、また泳がされるのではないだろうかと思って背筋が寒くなっ

た。

海防艦に救助され、いくぶん気持ちの落ち着きを取り戻した私は、海中に飛び込む際に首に掛けていたお守りを思い出し、首に手をやってみた。だがお守りは無くなっていた。神様が、私の身代わりになってくれたのかもしれなかった。

それに、帽子を取り替えに居住区へ降りて行った際に、懐に入れていたノートも、遊泳しているうちに、懐から抜け落ちたらしく、無くなっていた。このノートには、君川丸に勤務していた当時、慰問袋を頂戴したことのあった北海道の工藤さんとおっしゃる女性の住所を記載してあった。もちろん慰問袋は、工藤さんから、直接私に届けられたわけではなかった。軍需部に送られたのが、君川丸に配布され、その中の工藤さんのが、たまたま私に配布されたのだった。彼女から慰問袋を頂戴したのが私は嬉しく、頂戴したその日に礼状を書いた。折り返しに届いた便りでは、北見市のデパートに勤めておられる、ということだった。その便りが届いた時、機関科の先任下士官が、

「おい木村、おまえには工藤君の妹さんからラブレターがきてるぞ」

と微笑いながら届けてくれた。

先任下士官が言う工藤さんは、軍属として海軍に徴用され、君川丸の機関部に勤務していた。図らずも、その工藤さんの妹さんから私は、慰問袋を頂戴したのだった。その後も彼女とは何度か文通していた。が、惜しくも私がノートを無くしたので、彼女との縁は、それっきりになってしまっ

た。

今もご健在でいらっしゃるでしょうか？

新兵教育をうけていた時も、新兵たちにも実家からや親戚のおばさんたちから慰問袋が届くことがあった。しかし新兵たちは腹壊《こわ》しするから、と口実を設けて、食い物は教班長どもに没収されてしまって、新兵たちには、食えない物だけ渡されていた。私にも一度、従姉《いとこ》の娘から届いたことがあったが、やはり食い物は松尾教班長に没収されてしまって、私には玩具《おもちゃ》みたいな物だけ渡された。

「おまえのには、ぼた餅が入っていたから、おいしかったと礼状を出しとけ」

と教班長に言われ、そのように書いて出した。


さて、海防艦が走り出すと、遭難兵たちはデッキにごろ寝したり、艦首の下甲板にある兵員室で仮眠させてもらった。私は兵員室に仮眠させてもらった。

翌朝の八時過ぎに海防艦はメナド島へ到着した。私が初めて目にするメナド島は、さながら絵に画いたような、美しい島であった。海岸沿いに連なって聳えている椰子《やし》の木は、濃い緑の広い葉を生い茂らせていて、大きな実を鈴なりにさせていた。狭い道路を隔てた丘の方に軒を連ねているペンキ塗りの小さな家は、いかにも南国らしい風情を醸し出していた。

海水でびしょ濡れになった防暑服のままの遭難兵たちが、みすぼらしい恰好でぞろぞろ上陸すると、原住民の老若男女の皆は、家の前に笑顔を並べ、あたかも凱旋兵士のように歓迎してくれた。先刻、アメリカの潜水艦にしこたま太平洋の海水を飲まされたばかりの遭難兵とは知る由もなく――。

島には病院跡の大きな建物があったので、遭難兵たちは、しばらくその建物で仮住まいすることにした。便乗の派遣隊員たちは島に着いた晩にカッターの中で絶命した下士官の遺体を荼毘《だび》に付し、翌朝早々に遺骨を抱いて目的地へ出発したので、山陽丸の遭難兵たちだけ残留することになった。

純朴な原住民たちは、遭難兵たちに好意的だった。あまりの暑さに、暑さ凌ぎに冷たい井戸水をもらいに行くと、娘さんたちが快く汲んでくれながら、前に駐屯していた兵隊に教わっていたのか、私が被っている水兵帽のペンネントの金文字を片言の日本語で、

「タイニポンテイコクカイグン」

と得意満面に読んでいた。

ちなみに、ペンネントというのは水兵帽の周りに幅三センチほどのリボン状の布を巻き付けてあり、額の部分に金文字の篆書体《てんしょたい》で、『大日本帝国海軍』と記してあった。昔は、『佐世保海兵団』とか『戦艦陸奥』と水兵が所属する部隊名や、艦名を表示していたそうだ。しかし防諜上、昭和十六年六月一日から、『大日本帝国海軍』に統一されたそうだ。

メナド島の病院跡で一週間ぐらい過ごした遭難兵たちは、今度はフィリピンのセブ島に移動した。セブ島には、海軍の警備隊が駐屯していたので、機関科の、兵曹長の電気長を指揮官として、下士

官兵は、内地へ帰還する船便があるまで、警備隊に厄介になることにした。艦長や副長や、その他の士官たちは、翌日マニラから飛行機で内地へ帰還した。

機関科の多羅尾予備中尉が出発する際に、私は機関科の若い兵隊と、マニラまで荷物を運んでやった。そして別れ際に中尉は荷物を運んでくれた謝礼に、私たちに某か《なにがし》の金を差し出した。だが私たちは、そんなつもりで運んでやったわけではなかったので、一度は辞退した。が、無理に中尉に押し付けられ、遠慮なく頂戴した。

このような優しい心遣いは、現役の士官はもちろん特務士官も持ち合わせていなかった。

私は休暇の帰りの夜行列車の中で不愉快な思いをしたことがあった。その時山陽丸は呉軍港に停泊していたので、呉まで帰るため途中の駅まで来て列車が停まると、どこかに転勤するのか、ホームに特務大尉が柳行李を担いで立っているのが目に付いた。しかし、どこの馬の骨とも分からぬ特務士官の荷物まで運んでやることはないと思って、私が狸寝入りしていると、特務士官は、皮肉にも私の前に空いていた座席に腰を下ろすや、

「おい！　おまえはどこの兵隊か？　分隊に照会してやる」

と民間の乗客が乗り合わせているのに、眦を決して怒鳴り付けた。

つまり、私が欠礼して、しかも己の荷物も運んでやらなかつた腹いせに、私が所属する分隊に連絡して、私を痛め付けさせてやると威すのであった。

下士官兵が転勤する際には、自分で衣嚢を担いで行くのであった。が、士官が転勤する際には、自分で柳行李を担いで行かなくてはならないので、老齢の特務士官は、よっぽど骨身に堪《こた》えたのかもしれなかった。だったらチッキで送ればいいのに……。

本来、准士官以上が転勤する際には、二等の旅費が支給されていた。だから特務士官も、二等に乗ればいいのに、旅費をケチって私が乗っている三等に乗って来た。

特務士官に私がいびられていると、私の横に幼女を連れて座っていた奥さんが、私がいびられているのを怖そうに見ていて、水兵さんが可哀想だねえ、と低い声で幼女に語りかけていた。

特務士官の横暴な物言いに、私はむらむら腹が立って、殴ってやりたいような衝動に駆られていた。せっかく愉快に過ごして来た帰省休暇も、特務士官の暴言ですっかり台なしになった。

通路を隔てた斜め後ろの座席では、陸軍の軍曹が若い女性といちゃついていたが、私が特務士官にいびられているのを目にすると、素早く立ち上がって、特務士官に挙手の礼をした。すると特務士官は言うことが振るっていた。

「見てみろ、陸軍の軍人でさえ敬礼するのに……」

と得意そうに抜かした。

「何を抜かすか、この馬鹿たれが……」

私は腹の中でせせら笑っていた。

私をこてんこてんにいびると、今度は前の方の座席に座っていた二等兵曹を呼び付け、上官に対して欠礼したと文句を言っていた。彼こそいい迷惑であった。特務士官は後部の乗車口から乗って来たので、前の方の座席に座っていた彼は、特務士官には全く気付いてなかった。

とにかく、かっての海軍には、このような非常識な馬鹿野郎どもがごまんといた。しかし戦争が終結して、すでに半世紀余も経過した今では、馬鹿野郎どもも、戦死したか、もしくは草場の陰に眠っていることだろう。

さて、愚にも付かぬことを述べたけれど、警備隊では遭難兵たちも、米の飯が食わせてもらえた。でも現地米だったので、日本米に比べると、かなり味は落ちた。しかし、その現地米も充分ではないのか、鱈腹は食わせてもらえなかった。

それに、食器も遭難兵たちの分まではないのか、椰子の実の殻《から》を代用していた。椰子の実の殻は大小さまざまなので、おのずと盛る飯の量も違うのであった。それでも初めは、大きさには関係なく、下士官も兵隊も無差別に配食していた。ところが、飯の量が少なくて満腹感が得られなくなると、大きい方の殻を下士官のにするようにということになって、それからは大きい殻を上位の下士官から順に配ることになった。

人間という動物は食い物に飢えてくると、食い意地が張って汚い。とりわけ軍隊というところは、下級兵に対する思いやりなど爪の垢ほどもなく、上官という権力を笠に着て、己さえ満足すればよいという悪弊があった。だから、下級兵士たちはいつも空き腹を抱えていた。

セブ島に移動したのは六月初旬であった。しかし常夏の地方なので、六月初旬といえどうだるような暑さが続いていた。だから私は暑さ凌ぎに、一日に何度も水のシャワーを浴びていた。それでも日没になると、涼風がそよいで、昼間の焼け付くような暑さがまるで嘘だったように爽やかになる。しかも南国は湿度が低いので、なおさら涼しかった。

警備隊では、宣撫のために、時には夜間に付近の住民たちを招いて、映画を観賞させていた。上映されるのは、戦争のものばかりであった。それも、日本の兵士が勇敢に戦っている場面だけアップで映写していた。そんな場面が出てくると、住民たちは、拍手喝采し、口笛を吹き鳴らして歓喜していた。しかし彼らは、まさか日本が敗北するとは、夢想だにしていなかったかもしれない。

輸送船沈没

遭難兵たちは、六月中旬過ぎまで警備隊に滞在していて、やっと内地へ帰還する船便が出来た。マニラ港に停泊していた貨物船で、出港する日の夕方マニラへ渡って乗船した。

しかし船とは名ばかりの、船体のペンキは剥げ落ちてしまった廃船のようなぼろ船で、

「こんなぼろ船が、果たしてまともに動くのだろうか?」

と私は危惧の念を抱いていた。

もっとも、この時すでに輸送船の大半は、アメリカ海軍の潜水艦に撃沈されてしまい、こんなぼろ船しか残っていなかったのだ。

下士官の一人は、乗船する際に、

「この船は、どうも影が薄いなァ」

と冗談めかして呟いた。

その言葉は、私が山陽丸に乗船する際にも聞いていたので、不吉な予感が脳裡を掠めた。

便乗者は、私たち遭難兵の他に、マニラに駐屯していた海軍の兵隊たちや、多くの徴用工員たち、マニラの捕虜収容所に収容していたアメリカ軍の捕虜たちを内地へ連行するため乗船させていた。彼

らは、日本の兵隊のように捕虜になった屈辱感はないらしく、いたって陽気に振る舞っていた。

私は航海中、捕虜にたばこを二本くれて、髭を剃ってもらったこともあった。彼は髭を剃りながら私の兵長の階級章を見て、自分と同じ階級だと顔をほころばせていた。しかしアメリカ軍のGI(兵隊)と日本軍の兵隊の階級は異なっていた。だが、三本線が着いていたので、そう思ったのかもしれなかった。彼は、アメリカ軍の階級でいえばサージャントだったのかもしれない。つまり、日本海軍の階級なら、二等兵曹（下士官）だったのかもしれなかった。

船は夜陰に乗じてマニラの港を出帆した。捕虜たちは船首の方の船倉に、日本人たちは軍人も徴用工員も一緒に、船尾の方の船倉に放り込まれた。船倉には板で仮設した寝台が両舷に二段ずつ設けてあったので、便乗者のみんなが着の身着のままごろ寝した。

夜陰に乗じてマニラの港を出ると、一筋の明かりも漏らさぬように、灯火管制も厳重にして内地へ向かって航行を続けた。軍人は、兵長以下の兵隊が昼夜交替で見張りをした。

制海権はすでにアメリカ海軍の手中にある危険な洋上を、たったの八ノットぐらいしかスピードの出ないぼろ船が護衛艦なしでの単独航行は、さながら針の莚を歩くようなものであった。

それでも幸いなことに、航行の途中で適の潜水艦にも雷撃されず、何とか無事に台湾の高雄港にたどり着くことが出来た。高雄港の岸壁に横付けした船は、燃料や飲料水などを補給した。私たちはその間に、洗濯上陸した。むろん洗濯物があるわけではなかった。身に着けているのは防暑服だけであった。だから洗濯は、いわば上陸するための単なる口実に過ぎなかった。

港の奥の海岸通りには、台湾の男たちが大きな箱にバナナを一杯入れて商っていて、自由に味見させてくれたので、買うふりをして仲間たちと味見して廻り、帰りに私は大きな房のバナナを五円で買って来た。この時期、内地ではもうバナナの顔は拝めもしなかったので、内地へ持って帰るつもりだったのだが、船内の暑さのせいで航行中に熟してしまい、やむなく食ってしまった。でも、食っていてよかった。どうせ食わずにいても、魚たちに食わせるところだった。

船に戻ってみると、私が新兵教育をうけていた当時の第三教班長だった広津太郎上等機関兵曹が来ていた。私たちが巣立ってからすぐに転勤したらしく、高雄の警備隊に勤務している様子だった。本来私が海軍に入籍して、やがて三年になろうとしているのに、彼は未だに下士官のままだった。本来だったら、疾うに兵曹長に任官してなくてはならないはずなのだが、兵曹長に任官するのは容易なことではないのかもしれない。そのせいか、善行章を五本(この時、善行章は廃止されていたが)着けた上等兵曹は、掃いて捨てるほどいた。

私が後日、負傷して佐世保海軍病院に入院していた際に、兵役免除になった上等兵曹が、特別任官で兵曹長になったことがよほど嬉しかったのか、二度と着ることのない士官服をこしらえて着て病院へ見せびらかしに来た。山陽丸に勤務していた広津上等機関兵曹は、前述した太郎兵曹の弟さんだった。

太郎兵曹は、山陽丸が撃沈され、弟さんが便乗した輸送船が、高雄港に寄港することを知っていて面会に来たのか、それとも偶然の出会いだったのか、束の間の時間を睦まじく語り合っていたのが、印象的だった。今でも私の脳裡には、当時のお二人の様子が昨日のことのように、はっきり焼き付いている。

果たしてご両人が、無事に復員されたものなのか……？　しかし、運よく生還されたにしても、終戦からすでに半世紀余が経過した今では、もうこの世にはいらっしゃらないかもしれない……。

燃料など補給した便乗船は、暗くなるのを待って高雄港を出帆した。しかし、速度の鈍いぼろ船は遅々として進まず、昼夜交替で見張りをしている兵隊たちは精神を集中させ、洋上の小さな浮遊物にさえピリピリ神経を尖らせていた。しかしそれでも航行の途中、幸い敵の潜水艦に雷撃もされず、沖縄諸島とおぼしい島影が、微かに眺望される海域にまで差し掛かっていた。

明日あたりには、やっと内地の土が踏めるかもしれない、と便乗者の皆が期待に胸をときめかせていた。六月二十五日の夜のことだった。その夜、私は、八時から十二時までブリッジで見張りをしていた。

そして、十二時五分前に、次の兵隊と交替して、ブリッジの右舷のタラップを降りかけると、ブリッジの下の部屋の窓から明かりが漏れているのが目に付いた。もちろん私は、その部屋に誰がいるのか知らなかった。が、よしんば誰がいるにしても、たばこの火さえ漏らさないよう厳重に灯火

管制しているのに不謹慎な、と私はむらむら腹が立って、

「こらっ！　明かりが漏れているぞ」

と怒鳴り、窓を遮蔽したのを確認すると、私は急いで船尾の船倉に戻り、防暑服のまま上段の寝台に上がって躰を横たえた。日夜の見張り勤務と暑さで、躰は綿のように疲れていたので、直ちに睡魔に襲われた。私がまどろんでいると、ドスンと、何物かに衝突したような鈍い衝撃音が聞こえると同時に、きな臭いにおいが鼻を突いた。途端に電灯は消えて船倉は真っ暗になった。同時に誰かが、

「魚雷だあっ！」

と絶叫した。

「やられた」と思った瞬間、再びキューンと鋭い金属音が聞こえた。二発目の魚雷が撃ち込まれたのだった。二発とも、船の心臓部である機関部に命中していた。

たちまち船倉内は修羅場と化した。眠っていた便乗者たちは、直ちに跳び起きて寝台を降りるや、喚声をあげながら先を競って暗いタラップを手探りで這い上がっていた。皆の後ろに続いて私がデッキへ這い上がった時は、すでにもう海中に飛び込んだ者もいたようであった。

墨を流したような真っ暗闇の中では、皆目周囲の状況は分からず、喚きながら右往左往している皆の間を、手探りで舷側まで行き、まさに海中に飛び込もうとした瞬間に船尾の方から滑って来た

大きな物体に、胸部を圧迫された。と同時に、船は機関部から真っ二つに折れて、瀧のような物凄い波音を立てて轟沈した。

私も船もろともに沈んでしまった。おかげで圧迫死は免れたが、船が轟沈するのと同時に起こった大きな渦に巻き込まれて、海中深く引きずり込まれていった。まるで木の葉のようにぐるぐる回されながら海底へ引きずり込まれて行くのが分かっているので、必死にもがいてみるが、龍巻のような大きな渦の中では、しょせん人間なんか、塵屑も同然であった。

「もはやこれまでか……」

と諦観した心境でしばらく渦に身を任せていると、不意に、ボカーッと海面に放り上げられた。

「あっ、助かった」

と思ったのも束の間、今度は別の渦に巻き込まれ、またしても海中深く引きずり込まれてしまった。

暗黒の洋上ではどこに渦が巻いているものなのか、皆目分からない。よしんば分かっていたにしても、それを避けるのは至難の業である。渦巻きは、まるで私を弄ぶかのようにぐるぐる回して引きずり込んだ。それでも、初めの渦よりかなり緩やかな速度で引きずり込まれた。しかし、私はもうもがく気力もなかったので、諦観した心境で渦に身を任せていた。

「おれも、いよいよこれで最期か……」

そう思った途端、ふっと母親の顔が脳裡に浮かんだ。

普段は勤務のことばかり念頭にあるので、両親のことなど考えるような気持ちの余裕はなかった。それなのに、死に直面して思わず母親の顔が脳裡に浮かんだのだった。それは、自分でも不思議に思われた。

力尽きた私が荒れ狂う渦巻きに身を任せていると、徐々に渦巻きはゆるやかになり、私はファーッと海面に放り上げられた。

「あっ、助かった」

今度こそ、間違いなく助かったのだ。母親の念力が、私を助けてくれたのかもしれない？

私は、瞬間的にそう思った。やっぱり親というものは有り難いものである。しかしその両親も、今はもうこの世には存在しない。

浮上した私が、目を凝らして暗黒の洋上を眺めてみると、すでに海面は穏やかになり、さざ波が立っているだけだった。洋上には、漂流している遭難者たちの頭が浮遊物と共に、辺り一面に西瓜を浮かべたように散らばっているのが望まれた。

浮上した私の目の前には、救命具が漂っていたので、

「おっ、これは好い物があった」

と喜悦し、紐を解いて胸に括り付けようと思って、右手で取ろうとしたが、右手は全く感覚がな

く、動かすことすら出来なかった。

「あっ、やられたな……」

そう思った途端に中関節に激痛が走った。左手で触ってみると、肩の付け根の辺りから指先まで大きく腫れていた。もちろん感覚もなかった。痛みさえなければ、腕がないのも同じであった。やむなく左手で紐を解こうとするが、漂っている救命具は思うに任せない。私の前に、後ろ向きに漂流している者がいたので、

「おい、この紐を解いてくれ」

と頼んでみたが、振り向こうともしない。

「おかしな奴だな？」

と思いながら、左手で救命具につかまってしばらく漂っていると、彼は、不意に何やら訳の分からないことを大声で叫んだ。道理で振り向かないはずだった。彼はアメリカ軍の捕虜であった。

「言葉が通じなくては仕方がない」

と私は腕の激痛に堪えて微苦笑しながら、救命具を断念すると、漂流していた畳ほどの大きさの板に、泳いで行ってしがみ付いた。左手でしがみ付いていると、ますます右腕の痛みが激しくなった。左手で触ってみると、さっきの倍ぐらいに腫れていた。依然として感覚もなかった。

漂流している遭難者たちは、潮流の加減で自然に何ヵ所かに集まっていた。私がしがみ付いてい

る板にも、一人、二人と泳いで来て瞬く間に十二、三名が板の周りを取り囲んでいた。こんな時は、独りでいるより大勢でいた方が気持ちが休まる。私がしがみ付いていた板に集まって来た仲間たちは、いくらか冷静になると、雷撃された時のことを、ぼそぼそ語り合っていた。

雷撃された際に、ブリッジで見張りをしていた、かって山陽丸の機関科に勤務していた兵長は、ブリッジの中に閉じ込められたまま海中に沈んで、水圧で天井に吸い付けられて身動きがとれずに、危うく窒息するところだった、と身震いしていた。中には脱出することが出来ずに、絶命した者もいたかもしれない、と彼は心配そうに話していた。

また、セブ島の警備隊に下士官兵の指揮官として残留していた兵曹長は、船が沈むのとほとんど同時に浮上したアメリカの潜水艦を味方の潜水艦と間違えて救助されてみたら、人種が違っていたので慌てて海に飛び込んで逃げて来た、と笑っていた。他にも間違えて救助された者がいたかもしれない、とも彼は話していた。もしそうだったら、捕虜としてアメリカへ連行されたかもしれなかった。

私がしがみ付いている板を取り囲んでいる遭難者たちが、雷撃された時のことなどぼそぼそ語り合っていると、不意に稲妻のような閃光が走った。途端に誰かが、

「機銃掃射だっ！」

と絶叫した。

同時にみんなが海中に潜入した。そして、しばらくして怖々海面に顔を出して見ると、浮上しているアメリカの潜水艦上から、漂流している遭難者の情景をフラッシュを焚いて撮影していたのだった。

アメリカの潜水艦は、それから一時間ほど浮上していて、遭難者たちの様子を望見していたが、やがて潜航して消え去った。また、どこかへカモを捜しに行ったのかもしれない……。

潜水艦が消え去ると、元気な遭難者たちは軍歌を合唱したり、付近を泳いで回ったり、雑談をしたりしていた。私は腕の激痛に堪えながら、もしかしたらアメリカの潜水艦は、私がブリッジから降りる際に遮蔽させた窓の明かりを目標に、雷撃したのかもしれない。と黙考していた。でなければ、ああも見事に二発の魚雷が機関部に命中するはずがなかった。もっとも、アメリカの潜水艦は、高性能のレーダーを搭載しているそうだから、適確にレーダーで測定して雷撃したのかもしれなかった。しかし、その反面、あの部屋からスパイ行為を働いていた者がいたのかもしれない、とも考えられた。ただしこれは、飽くまで私の推測に過ぎない。

それに、撃沈された山陽丸の工作科に勤務していた仲間たちの安否も私は案じていた。モンキーに似た班長は……。一緒に転勤した石田兵曹とは帰省休暇の際に、佐賀駅まで同行したこともあった。痩せた湯川兵曹は……、同年兵の丸田は……、マラリヤと闘いながら勤務していた下士官は？

それに、高雄港で兄の太郎兵曹と束の間の時間を語り合っていた広津兵曹は……、マニラで一緒に上陸して西瓜を食ったことのあった機関科の若い兵隊は？　サイパンで一緒に上陸した兵科の同年兵は……、みんな船と運命を共にしたのだろうか？　付近に彼らの姿は見当らなかった。

しかし湯川兵曹には後日、図らずも長崎の小浜療養所で再会することが出来た。


やがて二十六日の朝、東の空は白みかけていた。山陽丸が撃沈された時と同じように、二、三時間もすれば、すぐさま救助艇が駆け付けてくれるものとばかり私は期待していた。だが、一向に救助艇が駆け付けてくれる気配はなかった。

六月といっても夜の海はまだ冷たかった。しかも夜明け頃になると小雨まで降り始め、波のうねりも高くなっていた。右腕の自由を失っている私は、左手で板にしがみ付いて、右脚の爪先を板の向に引っ掛け、顔だけ海面に出していたため、波が打ち寄せてくる度に頭から洗われた。

付近を泳ぎ回ったり、軍歌を合唱したり、快活に雑談などしていた仲間たちも、夜明け前になると、飢えと疲労と寒さに凍えて、誰一人として顔も上げず、死んだように黙りこくっている。時間が経過すると共に次第に意識は朦朧となり、しがみ付いている板から手を離しては、ハッとしてまたしがみ付いている。すでに力尽きた者は、まるで秋に木の葉の散るがごとく、一人、また一人と板から離れて静かに海底深く沈んで逝く……。

アメリカの潜水艦から逃げて来た兵曹長の電気長も飢えと寒さに凍え、ついに事切れて沈んで逝ってしまった。皆が沈んで逝くのを目の当たりにしていても、誰もそれを助けてやれる状況ではなかった。やがて誰もが後を追うのであった。むろん私も、救助艇が駆け付けてくれるのが、もし、後一、二分遅れていれば、紛う方なく三途の川を渡っていた。救助艇が駆け付けた時、私も意識は薄れて、寒さに顎が震え、物も言い辛くなっていた。

それでも私は、傍で板にしがみ付いていた下級兵を一人だけ助けてやった。彼もすでに意識は薄れているのか、しがみ付いて板から時々手を離すようになっていた。だから私は、彼が板から手を離して沈みかけると、

「おいっ、こらっ！　しっかりせんかっ！　板から手を離すな。板から手を離したら最期だぞ。眠らないで、しっかり板につかまっていろ」

と怒鳴り付けて、脇腹を左脚で蹴り付けていた。もちろん怒鳴ると言っても、私も意識は薄れ、寒さに顎が震えているので、そんなに大声では怒鳴れなかった。

それでも彼は、私に怒鳴られて脇腹を蹴り付けられると、ハッとして板にしがみ付いていた。しかし、すぐにまた板から手を離していた。彼が板から手を離すと、またもや私は怒鳴り付けて脇腹を蹴り付けていた。何度もそれを繰り返していた。しかし彼は、負傷もしてなかったので、無事に救助されていた。しかし救助はされたものの、またしても戦地へ送り出されたかもしれなかった。

夜はすっかり明け放れても、一向に救助に来てくれる気配はなかった。私と一緒の板にしがみ付

いていた仲間のほとんどが事切れて沈んで逝ってしまって、後には二、三名しか残ってなかった。それでも、生きているのか、死んでいるのか全く見分けは付かない。板にしがみ付いているだけが、生きている証拠であった。

私も、下級兵は救助したが、躰は氷のように冷え切ってしまい、意識は朦朧となり、

「おれも、いよいよこれで最期か……」

と観念した心境でいると、遠くで誰かが、

「救助艇が来たぞう」

と呻くように言っているのが、微かに聞き取れた。

その声に誘われて私が気だるく顔を擡げて見やると、遥か彼方の洋上を二隻の海防艦が白波を蹴立てて疾走して来るのが望まれた。

「あァ、これで、やっと助かるか……」

と思うと、いくらか活気づいてきた。

私と一緒の板にしがみ付いて死んだようにしていた仲間たちも、救助艇が来たと聞いていくらか活気づいたらしく、顔を擡げて疾走して来る海防艦の方を眺めたり、何やら囁き合ったりしている。私たちと遠隔した海域の浮遊物につかまっている遭難者たちもやはり活気づいたのか、急にざわめき始めている。

太陽の昇り具合からすると、すでに時刻は九時を過ぎているはずだった。

海防艦の乗組員たちは、再度のアメリカの潜水艦の襲撃を恐れ、遭難者たちが漂流している海域まで来ると、あたかも塵芥《ごみあくた》でも拾い集めるように遭難者たちを、気ぜわしそうに救助して回っていた。救われる遭難者たちも必死なら、救い揚げる乗組員たちもむろん必死であった。いつまでも救助にもたついていると、いつ何時アメリカの潜水艦が現れて襲撃されるかもしれなかった。

負傷してない遭難者たちは自力で縄梯子を伝ってデッキに上がっていた。しかし私は、右腕の自由を失しているので、どうにかして左手で縄梯子を這い上がろうとするが、片手だけでは思うに任せず、縄梯子につかまってもたついていると、救助している下士官が、

「早く上がらんかっ…」

と苛立たしく怒鳴った。

「右腕を負傷しているので、上がれません」

と私が顎を震わせながら言うと、いきなり右腕を引っ張り揚げられた。

「痛いっ！」

と言った時は、もうデッキに引っ張り揚げられていた。

日本人の遭難者たちと、アメリカ軍の捕虜たちは、別々の海防艦に救助されたのだったが、私の後から、捕虜が縄梯子を上がって来ると、救助していた下士官が手真似で、

「あっちへ行け」

と言うが、捕虜は片方の海防艦には行かずデッキに突っ立っていると、殺気立っている下士官がいきなり背中を蹴飛ばした。すると捕虜はブクブク海底へ沈んで逝った。味方の潜水艦のためにこの捕虜は、敢え無い最期を遂げたのだった。

私が乗組員の下級兵に渡された毛布にくるまって艦尾の兵員室へ降りて行ってみると、夥しい遭難者が救助され、死んだようにうずくまっていた。中には、すでに息絶えた者もいたようだった。

その遭難者の数からすると、他の海域にも遭難した兵隊たちがいて、その遭難兵を救助して来たので、私たちを救助にくるのが遅延したのかもしれなかった。

病院療養

遭難者を救助し終えた海防艦は、遭難者が残っていないか、周囲の海域を一巡すると、対潜警戒を厳重にし、フル・スピードで走り出した。

着いたところは、佐世保軍港であった。

軍港の岸壁には、海防艦から無線連絡してあったらしく、佐世保海軍病院の病院車が、負傷者を収容に来て待機していた。もちろん私も病院へ収容された。負傷していない海軍の下士官兵は、佐世保海兵団に仮入団したはずだった。その他の徴用工員たちや捕虜たちはどこかへ連行されたのだろう。

私は右腕の骨折の他に、やはり右腕の上腕から手首にかけて、五、六カ所ほど擦過傷があったので、入院したその日から軍医に治療してもらった。その翌日、右腕のレントゲン写真を撮ってもらった。その結果、

「中間尺骨が折れている」

と年配の軍医大尉が、撮影したフィルムを見ながら説明してくれた。

傷病名は『右腕中間尺骨単純骨折』ということになった。

その翌日には衛生兵長が、受傷した海域を訊ねに来た。しかし、雷撃されたのは真夜中だったので、台湾沖だったように思えたが、定かではなかったのでそのように私が説明すると、衛生兵長は、それでは南太平洋にて敵の潜水艦と交戦中に負傷したことにしておきましょうと言うので、そのように患者日誌（カルテ）に記載してもらうことにした。

しかし実際は、交戦中というほど勇ましいものではなかった。アメリカ海軍の潜水艦に不意打ちを食らって、命からがらの目に遭わされたのであった。

それに私は、右腕の骨折の他に、船が轟沈した際に起こった大きな渦に巻き込まれた時だったのか、それとも海中に飛び込もうとした瞬間に大きな物体に圧迫された時のことだったのか、全身を強打しており、ベッドに躰を横たえると、二、三日は衛生兵に手助けしてもらわねば、自力では起き上がることも出来なかった。

しかも海中に飛び込む寸前に胸部を圧迫されたのに加え、長時間冷たい海中で凍えていたのが禍いして、戦後に私は肺浸潤まで患ってろくに働くことも出来なかった。だから私はそのことを再三再四、政府の関係当局に申請した。しかし当局は、戦争の犠牲者の懇願は端から無視しているらしく認知してはもらえなかった。戦争を体験したことのない現在の公務員は、戦争の犠牲になった人のことなど全く眼中にないのかもしれない。

さて、話は愚痴になったが、擦過傷の治療と、全身打撲の回復のため、佐世保海軍病院で一週間ほど過ごした私は、今度は接骨手術を施すために大村海軍病院へ転送されることになった。

「大村海軍病院には、辣腕の外科部長がいるから……」

と先の軍医大尉が、転院の理由を説明してくれた。

これは後日、私が大村海軍病院で仄聞したことだが、佐世保鎮守府管内の海軍病院には、大村海軍病院の外科部長の右に出る外科医はいないそうであった。だから大手術を要する患者は、ほとんど大村海軍病院へ転送されて来ていた。この外科部長は、渡辺太吉という軍医大佐で、副院長的存在にあった。

私は、先の軍医大尉に大村海軍病院行きを宣せられた翌日、看護婦さんに付き添われ、病院の患者を搬送する車で大村海軍病院へ送ってもらった。大村海軍病院には、佐世保海軍病院の方から連絡してあったのか、私が着いた時には、すでに正面玄関に看護婦さんが迎えに来ていた。看護婦さんは、佐世保海軍病院から私に付き添って来ている看護婦さんから書類を受け取ると、直ちに私を第一外科病棟へ導いた。

第一外科病棟は、石造りの正門を入ると、広い中庭の東側に一棟だけ離れて建っていて下士官兵の戦傷患者だけを収容していた。重傷患者や歩行困難な患者は一階の病室に、その他の患者は二階の病室に収容していた。私もむろん二階の病室に収容された。一、二階の病室とも、ほぼ満室の状態であった。

日本海軍はもはや抜き差しならない破目に陥っていたので、戦没兵は言うまでもなく、戦傷病兵も、日増しに増加の一途をたどっていた。この時、大村海軍病院では千六百名の戦病兵患者を収容していた。

私はまだ擦過傷が全治していなかったので、さらに一週間ほど治療して、やがて全治してから接骨手術が施されることになった。私はその前日の夕食から絶食させられ、浣腸するために蓖麻子油《ひましゆ》を服まされた。

二階の患者たちが夕食を済ませた頃合いを見計らって、看護婦の前田さんが、牛乳瓶の大きさほどの瓶に入れた黄土色の蓖麻子油を持参して、

「浣腸しなくてはなりませんから、この薬を服んでください」

と美しい顔をほころばせていた。

言われるまま私が口にしてみると、臭くて苦く、服みにくかった。それでも一気に服み干した。効果はてきめんで、その夜は、私は寝る暇もなくベッドと厠を往復した。むろん朝食も絶食しなくてはならなかった。だから私の腹の中はがらんどうであった。

そして九時過ぎに私は前田さんに手術室へ連れて行かれた。しかし手術場はまだ準備中だったので、手術準備が整うまで、手術室の入り口のすぐ左手にある控室の長椅子に私が前田さんと腰掛けていると、空っぽの腹は、あたかも食用蛙でも棲息しているかのようにグーッ、グーッと鳴り続け

ていた。

私の腹が鳴り続けていると、前田さんは私に顔を向け、

「お腹《なか》、空きましたでしょう?」

と顔をほころばせていた。

「あァ……」と私は照れ笑いしていた。

前田さんはたしか私より二歳ほど年長のはずであった。しかし小柄ではあるが美人なので、実際の年齢より若く映った。第一外科病棟に彼女に優るような美人の看護婦さんは一人もいなかった。だから前田さんに好意を寄せている二階の若い患者たちは少なくなかった。でも前田さんは、それらの患者たちには目もくれなかった。しかしだからといって冷淡に振る舞うわけでもなかった。いつも愛想よく応対していた。それに前田さんは、手空きになった時は、私のベッドに雑談に来ることもあった。

当時の大村海軍病院では絽刺しがはやっていたので、両手のある患者たちは、売店から材料を購入して来て刺していた。刺し終えたのは愛知県に送って財布に仕立ててもらって看護婦さんたちに差し上げていた。左手しか使えなかった私も、見よう見真似で刺していた。絽刺しは、糸を固く撚《よ》って刺すのだが、左手しか使えない私は、左手と太腿で撚っていた。私が糸を撚っていると、時に前田さんが検温などに来たついでに、撚ってくれていた。前田さんが撚りに来てくれると、私は馬鹿

話などして、前田さんを抱腹させていた。

やがて手術場の準備が整ったらしく、入り口から手術場の看護婦さんが、

「木村さん、入ってください」

と低い声で呼んだ。

「では、行きましょうか」

前田さんはそう言うと、直ちに私の白衣を脱がせ、右腕を吊っている三角布を外すと、越中褌だけで私は、前田さんに手術場の入り口まで連れて行かれ、

「お願いします」

と言って、手術場の看護婦さんに引き渡された。

私が手術場に足を踏み入ると同時に、入り口の観音開きになった大きな扉が閉ざされた。まるで趣のない手術場の雰囲気は、いかにも寒々としており、決して感じのいいものではなかった。だが、いったん手術台に仰臥させられ、処刑される罪人のようにロープで躰を手術台に括り付けられて覆《おい》布《ふ》を着せられると、俎上《そじょう》の鯉——全く動じなかった。

覆布を着せられた私は、酸素マスクで口と鼻をふさがれた。そして軍医が、

「麻酔をかけるから、数を復唱して……」

と言って、臭い麻酔剤を私に吸わせながら一から数え始めた。それを私は復唱しながら、絶対に眠るものかと意地を張って十二までは朧げに数えたが、それから先は夢の中……。私が夢から醒めかけた時には、すでに手術は終わっていた。

手術を終えて手術場からストレッチャーで控室の前のロビーに運ばれて来た私が担架に移されていると、執刀した渡辺外科部長が、私の意識の回復状態を確認するため、手術場から出て来て、

「おい、おれが分かるか？」

と言うのが、朧げに聞き取れたので、私は虚ろに目を開け、

「おまえは、海軍大佐じゃないか」

と呂律の回らぬ口調で言った。

麻酔剤のせいでか、言っているのは朧げに分かっているが、容易に止まらない。海軍で大佐といえば、下士官兵には雲上人、とても普通の精神状態では「おまえ」などとは口が裂けても言えない。しかし部長は私の失礼千万な物言いは気にする様子もなく、

「よし、よし」

と頷いて立ち去るのが朧げに分かった。

部長が立ち去ると担架に移された私は、白衣を着せられて病棟へ運ばれた。その途中から今度は遭難した際に、下級兵を救助した時のことを喚き始めていた。喚いているのは分かっているが、こ

れも容易には止まらない。そして二階の病室へ運び上げられてベッドに寝かされてからもしばらく喚き続けていた。それが止まると、今度は患者長の悪態をつき始めていた。もちろんこれも朧げに分かっていたが、容易に止まらなかった。

ちなみに海軍病院の各病室には、患者長というボスがいた。いわば患者長は昔の監獄の老名主的存在で、病室で最古参の下士官か、または古参兵の患者が務めていた。主として下士官の患者が務めていた。

第一外科病棟の、二階の病室の患者長は、チョビ髭を蓄えた善行章四本の底意地の悪い上等兵曹であった。彼は、普段から下級兵の患者たち（といっても、彼よりも年長の補充兵もいれば、片腕のない患者や、足の悪い患者もいた）を整列させ、病室の清掃（病室の清掃は下級兵の患者たちがしていた）ができていないとか、下士官の患者への接し方が悪いなどと愚にも付かぬ御託をくどくどと並べ立ててしごいていた。

そうした患者長の、権力を笠に着た横暴な振る舞いを、私は入院した時から快く思っていなかったのだが、それが麻酔剤の力を借りて一気に噴き出したのであった。もちろん私は無意識に喚いているので、さすがの患者長もぐうの音《ね》も出ないのだった。

患者長を味噌糞にこき下ろして溜飲を下げた私は、しばらく眠っていた。それからどれくらいの時間が経ったのだろうか、私が覚醒してみると、傍らに前田さんが握り飯を手にして立っていた。

彼女は、私が覚醒したのを認めると、

「やっと目が醒めました？　お腹空きましたでしょう。お握りを用意してますから食べて……」

と笑みを浮かべて私に握り飯を差し出した。

握り飯と聞いた途端に、私の腹の虫が目を醒まして、矢庭に躰を左の方によじって起き上がりかけると、前田さんが肩口に手を差し入れて起こしてくれた。そして、彼女が差し出した握り飯を、飢えた野良犬のように貪り食った。起きて見ると、右腕は鉄のシーネで固定され、上半身から手首まで包帯を巻いてあった。

私が握り飯を食っていると、前田さんは、お茶を淹れてくれながら、

「木村さん、戦地で大変な目に遭いましたのね」

と同情したような口調で言った。

前田さんは相棒の看護婦さんと私を担架で病棟まで運んでくれたので、私が喚いていたのはもちろん聞いていたのであった。しかし私は、喚いていたのは朧げに分かっていたが、照れ臭かったので、「えっ、そうですか」と空惚けていた。すると前田さんは、

「喚いていたんですよ。担架で運ぶ途中から不意に大きな声で……。それに二階へ運んでベットに寝かされてからも……」

と言って、微笑っていた。

しかし患者長を味噌糞にこき下ろしていたことは、私に悪いと思ったのか、おくびにも出さなかった。

「そうですか、何か悪いことは喚きませんでしたか？」

私が空惚けて訊ねると、前田さんは、

「ううん、誰かを助けているみたいなことを喚いてました。おいっ、こらっ、眠るなとか板から手を離すなとか……」

「そうですか。面目ないことを喚いていたのですね」

私が照れ笑いしていると、前田さんは、

「ううん、決してそんなことはないですよ。人助けしたのですから……」

と持ち上げてくれた。

「いやあ、あの時は、本当にひどい目に遭いました。仲間たちのほとんどは飢えと寒さに凍えて、海底へ沈んで逝ってしまいました。私も、もう少しのところで、三途の川を渡るところでした」

私が遭難した時のことを回想しながらぼそぼそ呟くと、前田さんは、

「そうですか。戦争って怖いですね。でも、木村さんは運がよかったのですねえ」

としんみり呟いた。

それに前田さんは、全身麻酔をかけられた患者さんは、麻酔が醒めてすぐ立ち上がると、眩暈《めまい》が

して倒れる心配がありますから……と言って、厠へ排尿に行かなくてもいいように溲瓶まで用意してくれていた。しかし私は、溲瓶にはしたくなかったので、一度も溲瓶を使用したことはなかった。もちろん眩暈がして倒れたこともなかった。

手術した夜は、接骨した傷の疼きで目醒めた私がベッドに座っていると、巡回に来た看護婦さんが、

「傷が痛みます?」

と言って痛み止めの注射を打ってくれた。

その注射が功を奏して、朝まで熟睡した。

私が接骨手術をうけて何日かして、第一外科病棟に、新たに看護婦さんが転入して来た。四ノ宮さんという二十歳ぐらいの方で、他の病棟から移動して来たのか、それとも、日赤から派遣されて来たのか、もちろん私は知らなかった。しかし大村海軍病院の看護婦さんたちは、日赤から派遣されて来た看護婦さんばかりだったので、あるいは四ノ宮さんも日赤看護婦養成所を終了して大村海軍病院へ派遣されて来たのかもしれなかった。

四ノ宮さんはおとなしい生真面目な方で、患者たちとふざけもせずに黙々と勤務に精励していた。しかも患者たちに対しても親切で、何くれとなくお世話して下さっていた。他の先輩たちは、午前の診療を終えると時には二階の患者たちのところに雑談しに来ていた。だが四ノ宮さんは、先輩た

大村海軍病院にて。筆者は左端。他は下級兵の補充兵の皆さん。

ちには目もくれず、一心に勤務に従事していた。わけても右腕の自由を失っていた私は、白衣から汚い褌まで洗濯して頂いていた。

患者たちの白衣は定期的に病院で交換してくれていた。しかしその交換日まで着用していると、かなり汚れるので、両腕の付いている動ける患者たちは、各自で洗濯し糊付けして着用していた。むろん下士官の患者たちの分も洗濯していた。軍隊というところは、入院していても動ける下級兵は下士官たちの見の回りの世話（といっても白衣の洗濯だけだが）から、病室の清掃はもちろん、食卓番もやらなくてはならなかった。

私も下級兵（といっても私の親父のような補充兵）たちや、同県人の先輩の兵長に洗濯してもらったこともあった。しかし同じ患者なのに、いつも洗濯してもらうのは気の毒だったので、私が薄汚れた白衣を着ていると、四ノ宮さんが見兼ねるのか、倉庫から出して来た白衣に着替えさせてくれたり、着ている白衣を洗濯して糊付けして頂いていた。

しかし汚い褌までいつも洗濯して頂くのは気の毒だったので、なるだけ自分で洗濯するようにしていた。ある日、私が洗面所で右足で踏まえて左手で洗濯しているところを運悪く、病室への廊下を通り掛かった四ノ宮さんに見付かってしまい、

「そんなに無理しなくても、あたしが洗ってさしあげますのに……」

と言って、汚《きたな》がりもせずに洗濯してくれたこともあった。その後はいつも四ノ宮さんに洗濯して頂いていた。

大村海軍病院の各病棟には、バスの設備がしてあって、一階と二階の患者が隔日に入浴していた。二階の患者の入浴日に入浴準備が出来ると、四ノ宮さんは真っ先に私を連れに来て入浴させて下さっていた。だがバスから上がって褌の紐まで四ノ宮さんに結んで頂くのは照れ臭かったので、どうにかして自分で結ぼうとするが左手だけでは思うに任せず、結局、四ノ宮さんの手を煩わせていた。

昭和十九年十月二十五日、初めて大村市の上空にB29数十機が飛来して、第二十一海軍航空廠と、航空機製作所を爆撃した。突如として警戒警報のサイレンが病院に鳴り響いてきたのは、九時十分

過ぎであった。それから二十分後に空襲警報のサイレンが病院を震撼させた。

院長の泰山軍医少将は直ちに軍刀を片手に中庭の号令台に直立して全職員を集合させ、患者の総員退避を下命した。第一外科病棟の看護婦さんたちは衛生兵と伍して、すぐさま担架で重傷患者たちを第一外科病棟の東側の畑の中にある防空壕へ運んだ。歩行の出来る患者たちは自力で退避した。

中には看護婦さんの肩にすがって脚を引きずりながら退避している患者もいた。片腕のない患者は平衡感覚がとれないらしく、躰を斜めにして走っていた。

私はこの時まだシーネを付けていたので、慌ただしく往来している人々に当たられないように、私の姉のような大久保看護婦さんに毛布で庇護してもらって退避した。人当たりの優しい物静かな大久保さんは、防空壕内でも私に付き添ってくれていて毛布を着せかけてくれていた。

患者たちが退避して間もなく、激しい爆撃音が防空壕まで轟き渡ってきた。海軍航空廠から病院までは、およそ一里ほど離れているのにも拘らず、爆弾を投下するたびに不気味な地響きが防空壕まで伝わってきた。その都度、畑を掘削して土をかぶせてあるだけの粗末な防空壕の天井からは、バラバラと土砂が崩れ落ちていた。私の頭にも降りかかってきた。その都度、大久保さんが払い除けてくれていた。もちろん、大久保さんの頭にも降りかかっていた。

それでも、幸い病院には被害はなかった。

この時の空襲で海軍航空廠と飛行機製作所には多数の死傷者が出た模様だった。しかし死傷者の数は軍部が極秘にしていた。しかし翌日、先任衛生下士官が見聞に行って来ての報告では、海軍航空廠は爆破炎上し、飛行機製作所も甚大な損害を被って、死傷者の数は二、三百名にも及んでいたそうであった。

その後も大村の上空にはしばしばアメリカ空軍機が来襲して焼夷弾を投下したり、機銃掃射を浴びせて学校や工場、その他の建物を爆破していた。しかし大村海軍病院は一度も爆撃されたことはなかった。病院の屋根には大きな赤十字のマークが記してあったそうだから、そのためアメリカ空軍機も爆撃を容赦したのかもしれなかった。

これは余談だが、私は負傷して入院していることは両親には報せてなかった。むろん右腕の自由を失して文字が書けないせいでもあったが、たいした負傷でもないのに報せて驚かせることもないと思ってのことだった。ところが、私が接骨手術をして四、五日ぐらいしてから、同県人の先輩が、私が文字が書けないことに気付いたらしく、

「木村、おまえはまだ田舎の両親には報せてないのだろう。おれが書いてやるから住所を教えろ」

と言って、私が負傷して入院している旨を代筆してくれた。

葉書を見た両親は、私の筆跡でないので、よほどの重傷と思ったらしく、取る物も取り敢えず夫婦で素っ飛んで来た。看護婦さんに案内されて病室へ現れた両親は、私の異様な恰好に肝を潰していた。しかし、見た目ほど重傷でないことが分かると、安堵の胸を撫で下ろしていた。

折しも患者たちの昼食時だったので、気の毒に思いながらもご飯を分けてもらって戴き、帰り際に看護婦の前田さんが帰りの汽車賃の割引券を持参して下さった。

ちなみに海軍病院では、患者の面会に来た方には帰りの汽車賃の割引券を渡していた。

私が両親を玄関まで送って行って、病室へ戻って来ると、まだ病室にいた前田さんが私のベッドに来て、むろんお世辞だろうが、

「好いご両親ね」

と称賛してくれて、笑みを浮かべていた。

これは、自惚れになるかもしれないが、私もそうだったが、前田さんも私に好感を抱いてくれていたように思っていた。

しかしもう、遥か昔の夢物語である。

小浜療養所

接骨手術するため切開していた傷口が全治すると、私は温泉療養のために小浜療養所へ転送されることになった。このことは手術前からスケジュールに組み込まれていた。

当時、長崎県の島原半島の温泉町小浜には大きな温泉旅館を三軒、軍で接収して患者の療養所にしていた。町の前には橘湾が大きく開けていて、風光明媚な町として名を馳せていた。もちろん現在も観光地として繁栄している。現在は町の様相もすっかり変わって、昔日の面影はごくわずかしか止どめていない。小浜を登って行くと、温泉で名高い雲仙岳があって、かつてNHKのドラマで放映された「君の名は」の真知子のモニュメントも建立されている。

それに現在は雲仙天草国立公園にもなっている。

小浜療養所が開設された当初は、大村海軍病院で管轄していたので、術後の患者たちやその他の病気療養を要する患者たちは逐次、療養所へ転送していた。そして療養を終えた暁には、現役に復帰する者も現役免除になる者も召集解除になる者も、いったん大村海軍病院へ戻って来ることになっていた。むろん私もその予定だった。だから私は病院を発つ際に、看護婦の皆さんに、

「またこちらへ戻って来ましたら、よろしくお願い致します」

と挨拶して出発した。

病院の患者を搬送する車で、看護婦さんに付き添われて小浜療養所まで送ってもらった私は、町の入り口のバス停留所のすぐ近くにあった『春陽館』という、町では群を抜いていた三階建ての旅館で療養することになった。間口の広い古風な構えの玄関を入ると、右側には五十畳敷きほどの大広間があって、患者たちの娯楽室になっていた。

私はここで図らずも、前述した湯川兵曹と再会した。私が玄関に脚を踏み入れた際に、娯楽室にいた兵曹は、私の顔を見ると、

「よおう！　おまえ生きとったんか？」

と驚いた表情で駆け寄って来た。

「あァ、兵曹もご無事でしたか？」

私は再会を喜ぶとともに驚いていた。

痩せこけてよぼよぼの爺さんのようにしていた彼が、深夜の冷たい海中に九時間あまり漂流していて、凍死もせずによく生き延びたものだと不思議に思っていた。

しかし彼は負傷もしておらず、深夜の冷たい海中に長時間凍えていたので、体調を崩しており、その回復のため温泉療養していた様子だった。しかし、すでに体調は回復しているらしく、病人とは思えない明るい表情をしていた。しかし躰は体質なのか依然として痩せこけていた。

昭和二十年二月に私が小浜を去るまでは、まだ湯川兵曹は小浜に残留していたが、その後は再会のチャンスはなかったので、消息は断ったままであった。しかし兵曹の躰では、しょせん現役復帰は無理だったかもしれないから、終戦まで小浜に残留していたかもしれないし、もしくは療養中に召集を解除されたかもしれなかった。

もちろん戦後すでに半世紀余も歳月を経た現在では、もはや幽界の人になっているかもしれない。療養所には、かつて山陽丸の工作科に勤務していた仲間たちの姿は、湯川兵曹の他には一人も見当らなかったので、もしかしたら兵曹が仲間たちの消息を知っていないだろうかと思って訊ねてみた。しかし兵曹も案じてはいるが全く分からないと顔を曇らせていた。おそらく仲間たちの皆が海底の藻屑と消えてしまったのかもしれない。

ところで、療養所になった春陽館の調理場には、前から務めていたコックさんや、洗い方のおばさんたちや女中さんたちが艇身隊として務めており、患者たちの食事を調理してくれていた。だから同じ麦飯でも、病院や実施部隊の主計兵たちが乱暴に炊く麦飯とは一味違っていた。もちろんおかずも、雲泥の差があった。

食事の用意は下級兵の患者たち（年長の補充兵もいた）がしていた。しかし時には女中さんたちも手伝ってくれるので、色気なしの野郎だけと違って華やいだ雰囲気があった。

食事の際に、患者たちが食卓に着く位置は決まっていた。患者長の下士官が一番上座に着き、それから古参の下士官から順に着くのだった。私が着く位置は、真ん中より上座になっていた。そしてその位置には、いつからともなく生卵が、毎朝一個付けられていた。女中のチヤ子さんが、親切に付けて下さっていた。その卵を彼女が実家から持参していたのか、調理場のをちょろまかして来るのか、それとも商店から買って来るのか、もちろん私が知る由もなかったが、よもや調理場のをちょろまかして来るはずもないだろうから、実家からか、商店から買って来ていたのかもしれなかった。

初め患者たちは、私が買って来てもらっているものとばかり思っていた様子であった。が、チヤ子さんからの差し入れと分かると、古参の下士官の患者たちは、口々に私をからかっていた。召集の木下兵曹は、

「色男は、好いなあァ」

と羨ましそうに言い、湯川兵曹は、

「こらっ、おまえだけ好い目しやがって」

と微笑いながら私の肩を小突いていた。

しかし毎朝欠かさず差し入れられていると、ついに彼らも根負けしたのか、もう何も言わなくなっていた。

彼女の卵の差し入れは、私が療養所を去るまで続いていた。しかし私は、彼女には何の恩返しも

せず、猫みたいに食い逃げした。

チヤ子さんは小柄だったが、ポチャポチャしていて人懐っこく、いつも笑顔を絶やさずこま鼠のように働いていたので、患者たちに『チヤちゃん』と愛称で呼ばれて慈しまれていた。もちろん私も、チヤちゃんには好意を寄せていた。だが、ただの一度も手を触れたこともなかった。たまに患者たちの目に付かない浴場の裏口でひそかに言葉を交わしたり、彼女が調理場で働いている際に、ひょっくり視線が合えば、微笑み合うぐらいであった。またチヤちゃんは、私が娯楽室の火鉢の傍につくねんとしていると、他の女中さんたちと雑談に来ることもあった。

患者たちは、女中さんたちと言葉を交わすことは禁じられていた。何か女中さんたちに依頼したいことがある時は、看護婦を介して依頼する決まりになっていた。しかし、同じ屋根の下に起居しているからには朝晩に顔も合わせるし、挨拶も交わすし、雑談などすることもある。彼女たちも手空きになった時は、娯楽室にたむろしている患者たちのところへ遊びに来て雑談などすることもある。それを決まりだからと、素知らぬ顔をしているわけにはいかない。

若い患者たちが、娯楽室で女中さんたちとふざけている現場を看護婦に見付かれば、その場では女中さんたちの手前、黙認しているが、後で呼ばれてこっぴどく怒られる。女中さんたちも、若い患者たちだと気が置けないので、気安くふざけたりなどする。

たまに私が娯楽室につくねんとしていると、休憩している女中さんたちが、果物を持って集まって来ることがある。そんなふうに私が相手になっているのを、主任看護婦に見付かろうものなら、口では何も言わないが、角を生やして睨まれる。

患者たちは、午後から一時間の安静時間が決められていた。

「安静時間ですよ」

と看護婦の号令がかかると、娯楽室にいる患者たちは、部屋に戻って寝なくてはならなかった。しかし、患者といっても重病人ではないので、誰もおとなしくは寝ていない。笊碁《ざるご》を並べたり、へぼ将棋をさしたり、雑談したりしている。中にはコックリさんをする連中もいた。

ちなみに、コックリさんは狐の神さんで、割り箸を三本組み合わせて立てて、その上に皿を載せて吉凶を占うそうであった。

私たちの部屋には、戦闘中、飛来した敵弾の破片で右脚のアキレス腱を切断して歩くのに不自由した村上二等兵曹がいた。彼は音楽が好きらしく、どこからか弦の三本しかないおんぼろギターを探して来ていて、安静時間中にポロン、ポロンと爪弾いていた。

私たちの部屋は、看護婦詰め所に隣接していたので、ギターの音が筒抜けに詰め所まで聞こえていた。すると、直ちに主任看護婦が素っ飛んで来て、

「安静時間中ですから静かにして下さい！」

と眦《まなじり》を決して怒鳴り付けられていた。

ある日、私は安静時間中に若い患者たちとぐるになって、女中さんたちに果物を買って来てもらい、二階の裏の窓から紐を垂らして括ってもらって吊り揚げているのを、運悪く主任看護婦に見付かり、

「木村さんが先立って、なんですか！」

とこっぴどく叱られたこともあった。

しかし主任看護婦は、気立ては優しかったので、そんなことを、いつまでも根に持ってくどくど言うことはなかった。私たちが悪いことをすれば、目玉が飛び出すぐらい叱っていたが、普段は、いつもニコニコしていた。

私はバス長（下級兵の患者たちを指揮して浴室の掃除をさせて入浴の準備をさせる）をしていたので、時には、調理場に近い浴場の裏口からチヤちゃんが、旬の果物をこっそり持って来てくれることもあった。これだけは私だけの特権であった。

ちなみに、ここで言う下級兵の患者には、年配の補充兵たちも含まれていた。

療養生活はのどやかで、朝食前に入浴して食事を済ませば、特に決まった日課はなく、笊碁を並べたり、へぼ将棋をさしたり、ピンポンをしたり、午睡したりしていた。そして、昼食後に再び入浴して二時からの安静時間が過ぎると、春陽館の近くの広場へ運動に行って、体操やクロッケをし

たり、バスケットボールに汗を流して来て入浴して夕食を済ます。その後は十時の消灯時間までは自由であった。

なおクロッケとは、現在、年寄りたちがしているゲートボールのことで、大きな軍艦では偉い人たちが、デッキ・ゴルフとしてやっていた。

また時には、療養所の患者たちみんなで兎狩りに行くこともあった。それに、当時の春陽館の前は砂浜になっていたので、地引き網を曳くこともあった。が、兎狩りも獲物は皆目ゼロで、地引き網を曳いても、海の塵《ごみ》を掃除するだけであった。

私が療養していた時の春陽館の患者長は、鹿児島県出身のチョビ髭を蓄えた召集の上田上等兵曹だった。彼はユーモラスな下士官で、時には意味不明瞭な本当の鹿児島弁を喋って聞かせて患者たちを抱腹させていた。

春陽館で療養していた下士官たちは、私が新兵当時の教班長だった松尾熊次のような臍曲がりは一人もいなかったので、下級兵の患者たちものんびり療養していた。療養所の下級兵の患者たちは、実施部隊の下級兵たちのように、下士官の患者たちの身の回りの世話をしなくてもよかった。ただ、入浴する際に下士官の患者や古参兵の患者たちの背中を流してやるだけであった。しかし私は、下級兵といっても父親的存在の補充兵の患者たちに、背中まで流してもらうのは気の毒だったので、時たま流してもらうだけだった。

昭和二十年の正月を迎えると療養所では、町の古い劇場を借りて芸に秀でた患者たちが演劇を催した。演劇は三日に催されたので、町の皆さん方も招待して賑やかに催された。芸無しの私は観客であった。しかし、素人の芸は退屈だったので、私は途中で抜け出した。旅館へ戻った私が娯楽室の大きな火鉢の傍につくねんとしていると、調理場で休んでいたチヤちゃんが、

「もう帰って来たとですか？」

とこぼれるような笑みを浮かべ、餅を手にして走り寄って来た。

チヤちゃんと火鉢を囲んで私が演劇の話をしながら餅を焼いていると、調理場で休んでいた他の二人の女中さんもニコニコ顔で走り寄って来た。私が彼女たちと雑談していると、当直していた看護婦の堀さんが本部へ行って来たのか、書類を手にして戻って来た。玄関から続いている廊下を二階の詰め所へ上がりかけた彼女は、私に気付くと、

「あら、もう木村さん、帰って来たとですか……」

と笑顔で言って、二階へ上がって行った。

看護婦たちは、患者たちが女中さんたちと雑談しているのを目撃すると、角を生やして睨み付けていた。しかし彼女は私と同県人という誼《よし》みもあって、私に角を生やしたことはなかった。彼女とはかつて島原半島の上空に敵のグラマン戦闘機が来襲した際に、警戒の任務に付いたこともあった。

しかし白衣の天使と謳われていた彼女も、日本が敗北すると、終戦直後にはやっていたアプレ・

ゲールに変身していた。しかしそれから間もなくして、老舗の呉服店の若奥様に収まっていた。それからすでに半世紀余もの歳月が過ぎ去った今では、疾うにお孫さんも生まれ、おばあちゃんになっているだろう。一度お逢いしたいものだが、なかなか、そのチャンスもない……。

療養生活をしていると、時には下級兵の患者たちの間にトラブルが起こることもあった。私はたいてい娯楽室で木下兵曹や湯川兵曹と笊碁を並べていた。それが、その日に限って部屋でつくねんとしていると、同じ部屋で起居している補充兵の樋口一等主計兵が、白衣の胸元をだらしなく明けっ広げて、血相変えて駆け込んで来た。

彼は、召集されるまでは福岡県庁に勤めていたらしい。齢《とし》は四十一歳だそうであった。若輩の私からすれば、父親的存在であった。彼は召集されてから腹を手術して、そのため温泉療養していた様子だった。だから穿《うが》った言い方をするなら、手術するため召集されたようなものであった。軍隊で無料《ただ》で手術してもらい、しかも温泉療養までさせてもらっていたのであった。だから、彼にとって軍隊は有り難いところだったかもしれない。しかしそれでも、やはり召集は免れたかったに違いなかった。彼だけでなく、当時の男たちは、みんな召集されるのを恐れていたのは紛れもない事実であった。

樋口は、血相かえて部屋に駆け込んで来るなり、

「木村兵長、聞いてくれまっせ」

と福岡弁で言って、私の前に座り込んだ。

「どうしたのか？　そんなに慌てて……」

私が微笑っていると、樋口は息も切らずに事の顛末を説明した。

彼の話によれば、やはり春陽館で療養している補充兵の辻一等兵が、自分の靴と樋口の靴をうっかり間違え、春陽館に靴修理に来ていた修理屋に修理してもらって代金を払ったから、その代金を樋口に請求した、と言うのだった。

「自分が勝手にまちごうて修理してもろうたとですけん、わたしが払わんばならんことはなかでっしょうが……。わたしの靴はまあだ修理せんばならんごと、そぎゃん傷《いた》んどらんやったとですけん」

と樋口は唇を尖らせて言って、落ち窪んだ目を白黒させていた。

しかし、樋口の一方的な説明では信用されなかったので、辻の言い分も聞いてみようと思って、樋口に、辻を呼びに行かせた。辻は樋口より二、三カ月ほど早く召集されたそうだった。だから、同じ一等兵でも、味噌汁を飲んだ数が違う分だけ、樋口より、辻の方が先輩だった。辻は、召集されるまでは警察に勤めており、巡査部長だったそうであった。齢は三十四、五歳だった。

辻の説明によれば、樋口の靴を自分の靴と間違えて修理してもらったのは、紛れもない事実です。が、そのうえ自分の靴を修理してもらったら、二足分の修理代を払わなくてはなりませんので、と辻はしょげ返っていた。

辻の気持ちも頷けないわけではなかった。一等兵の俸給はたしか七、八円だったから、二足分の修理代は、かなり負担になるはずであった。だから、私は辻にも同情して、

「辻が他人《ひと》の靴を間違って修理してもらったのはたしかに悪かったが、しかし、おまえも自分の靴を修理してもらったのだから、辻に感謝の意を表するつもりで、修理代の半額は出してやれ」

と樋口を説得して、半額は負担させた。

それに樋口は、自分の靴はまあだ傷んではなかったと息巻くが、傷んでいたからこそ、修理屋も修理したに違いなかった。補充兵の靴は、私が新兵だった当時の靴と同じようにたいてい傷んでいた。だから樋口の靴がどの程度だったか、私にもおおよそ察しは付いていた。

とんだ大岡裁きだったが、越前守は一両も損しなかった。

これも、遥か昔の懐かしい想い出の一齣である。

軽快退院

昭和二十年二月になって程なく、それまで大村海軍病院で管轄していた小浜療養所は、佐世保海軍病院へ移管されることになった。管轄が変わると、所長も代わり、初めに私が佐世保海軍病院に収容された際に、私を診察してくれた年配の大尉が、少佐に任官して、所長に赴任して来た。

実は、それより前から、大村海軍病院長に小浜療養所を統括させていても、一向に療養している患者が減らないのに佐世保鎮守府の首脳陣が業を煮やし、佐世保海軍病院に移管して療養中の多くの患者を追い出すらしい、という情報が小浜療養所にも流布していた。

そして、二月になって程なくそれが現実になった。管轄が変わると、逸速く佐世保海軍病院から軍医中佐が小浜療養所へ乗り込んで来て、その日から療養している患者たちを、おおざっぱに診察して、大半の患者を『軽快退院』で追い出してしまった。

私も、その中の一人に含まれていた。

初め私は「けいかいたいいん」と聞いて、警戒隊員はどんな所に勤務するのだろうか、と間抜けたことを考えていた。しかし、後になって意味が違うことに気付き、思わず苦笑していた。

軽快退院を宣告された私は、早速その日の夕方、浴場の裏口で、ひそかにチヤちゃんに逢った。退院させられることになったことを告げるためと、長いあいだいろいろお世話になった礼を言うためであった。

私が浴場の裏口から顔を出すと、調理場にいたチヤちゃんは、よもや私が退院するとは知る由もなく、小走りに私の傍に来て笑みを浮かべていた。

チヤちゃんのいつも変わらぬ明るい笑顔を傍見していると、私はなかなか切り出せず、しばらく間を措いて、今日の軍医の診察で、あした退院することになったことをためらいがちに告げ、何かといろいろお世話になった礼を言った。

卵の差し入れは、今も続いていた。

チヤちゃんは、よもやの私の退院に驚いたらしく、

「えっ！　もう退院しなさっとですか」

と瞳を凝らしていた。

「………」

私は、頷いていた。

「退院しなさったら……どこに行きなさっとですか？」

チヤちゃんはそう言って、心配そうに私の顔を凝視していた。

「さあ、どこへ飛ばされるか、とにかく佐世保海兵団に戻ってみないことには、先のことは分から

ないよ。もしかしたらまた戦地へ放り出されるかもしれないよ」

海軍の軍人の場合は、乗り組んでいた艦が撃沈された時点で、自動的に所轄の海兵団の各兵科分隊に移籍されるのであった。だから私の籍も、山陽丸が撃沈された時点で佐世保海兵団の工作科の補充分隊に移籍されていた。だから海兵団へ戻ってみないことには、先のことは分からなかった。もしかしたら、またしても戦地へ放り出されるかもしれなかった。もし戦地へ放り出されることにでもなれば、今度こそ生還は望めなかった。

「そうですか……」

チヤちゃんは落胆したようにがっくり肩を落として低い声でそう言って、しばらくして顔を上げ、

「お元気でね」

と蚊の啼くような声で言って、目頭を押さえて調理場へ駆け込んで行った。

私は、しばらくその場に呆然と突っ立っていた。が、もはやチヤちゃんの顔を見るのも辛かったので、そのまま部屋へ戻った。

そして翌朝、やはり軽快退院を宣告された他の三名の患者たちと出発する私を、看護婦さんたちや調理場の皆さんや患者たちが玄関に顔を並べて見送ってくれた。皆さんに挨拶して春陽館のすぐ近くのバス停へ向かいかけた私は、チヤちゃんの姿が見当たらないのにふと気付き、不審に思って玄関口の方に目を馳せると、チヤちゃんは玄関の死角からわずかに顔を覗かせていた。私は手を振っ

て別れの挨拶をしたかったが、見送ってくれている皆さんの前で手を振るのもなんだか照れ臭かったので、会釈して別れの挨拶にした。

この時を最後に私がチヤちゃんと再会するチャンスはなかった。戦後、十年ほど経ってから一度、私は小浜を訪れたことがあった。が、かつて砂浜だった海岸には防波堤が構築され、広い舗装路が縦断していた。それに、春陽館もすでに代替わりしており、女中さんたちの顔触れもすっかり入れ代わっていた。むろんチヤちゃんの姿も見当たらなかった。春陽館も、本館の横に五階建ての別館が増築されてホテルになっていて、わずかに本館と玄関に往年の面影を止どめていた。

私もすでに寄る年波、せめてもう一度なりチヤちゃんにお逢いしたいものだが、もはや今となっては、しょせん適わぬ夢……。

バスで小浜を発った私たちは、諫早駅まで来て佐世保行きの列車に乗り継ぎ、佐世保に着いて佐世保海軍病院で一泊した私は、その翌朝、佐世保海兵団の病院連絡係の下士官が持参した第三種軍装（グリーンの戦闘服）に白衣を着替えて海兵団へ戻った。

山陽丸に転勤してからおよそ一年半ぶりの海兵団であった。海軍に入籍してからだと、三度目の海兵団生活であった。

海兵団へ戻ってみると、君川丸に勤務していた時の上司だった竹下兵曹も、ギンバイの達人の山本兵曹も、チョビ髭の田尻兵曹も、禿頭の堀之内兵長もどこかへ転勤したのか、姿は見当たらなかった。もちろんその後も、皆と再会するチャンスはなかった。果たして皆が無事に復員したものだろうか……。

病院生活の長かった私に殺風景な海兵団の雰囲気は、まるで次元の異なる世界のように感じられた。それに海兵団の補充分隊では、戦傷兵が復帰したからといって、分隊長や分隊士も、ねぎらいの言葉すらかけてくれるわけでもなかった。

私は分隊長の顔も見たことはなかった。

分隊士は下膨れの兵曹長で、彼は毎日することもないのか、安物の軍刀を振りかざして藁人形切りに興じていた。定員分隊の、取り巻きの下士官どものお世辞に、得意になっている間抜けな分隊士を、私は眺めていて、

「こんな馬鹿たれどもを、戦地へ放り出せばいいのに……」

と憤りさえ感じていた。

海兵団に戻った私は、一日も休養は与えてもらえず、その翌日から作業に就かされた。健康な兵隊たちと一緒に作業をせねばならなかった。しかし、病院生活の長かった私は躰が鈍っているのと、負傷した右腕に痛みがあるので、健康な兵隊たちのように作業することは出来なかった。動かさずにいればそれほどでもないが、少しでも無理をすれば激痛が走って夜はろくに眠れもしなかった。そ

れに療養所では一日に二、三回は温泉で暖めていたので、ほとんど痛みは感じなかったが、海兵団ではろくに入浴も出来ないので、傷を暖めることも出来なかった。

もちろん今でも、冬の寒い時は疼くことがある。

それでも一週間ぐらいは、どうにか気力で頑張り通していた。が、それ以上は、もはや堪えられなくなり、海兵団の医務室に受診に行った。そして診断の結果、

『右腕中間尺骨単純骨折後遺症』

と診断され、温浴マッサージをするように宣告された。もちろん勤務は、休んでいた。

私はここで、図らずも小浜療養所で一緒に療養していた上等整備兵曹と再会した。彼は搭乗整備員を命じられ、階級も搭乗員並に特進したそうであった。しかし、やはり彼も退院後の経過が思わしくなく、医務室で受診して佐世保海軍病院へ温浴マッサージに通院していた。

この時、海兵団の工作科の補充分隊には、夥しい補充兵が召集されていた。しかしその大半の補充兵は、神経痛やリューマチなどで休業していた。こんな病気はレントゲンにも写らないし、軍医にも分からない、と補充兵たちは心得ていて、苛酷な訓練や重労働から逃れるため、仮病を使って受診して休業していたのだった。

休業している補充兵たちは、かつて作業場だった大きな建物に詰め込まれ、虱《しらみ》のわいた毛布にくるまって、死んだようにごろ寝していた。補充兵たちの齢は二十二、三歳ぐらいから四十二、三歳

までだった。だから、若い補充兵はともかく、高年齢の補充兵たちには一兵卒としての訓練や重労働は、苛酷で堪え切れないし、やる気もないのであった。

奇しくも休養している補充兵たちの中には私と同年兵の丸井がいた。彼は、新兵当時はガマの油売りを演じて一躍有名になっていた。彼は病気で進級が遅れたのか、やがて三年になろうとしているのに、未だに上等兵のままだった。彼は進級が遅れて気が苛立っているらしく、自分は動かず、すべて補充兵たちに命じてやらせていた。そして、己の気に食わなければ、殴ったり蹴飛ばしたり、物を投げ付けたりしていた。彼に頭を殴られた年配の補充兵が、

「頭はたたきなさんな」

と言って、頭を引っ込めると、丸井は、

「何を貴様！」

と怒鳴り付けて、また殴っていた。

後で分かったことだったが、この補充兵は私と同県人で、召集されるまでは、長崎市の五島町で製材工場を経営していたそうだった。私が同県人と分かると、彼は、

「長崎ィお帰りなさったら、遊びィ来てくれまっせェ」

と長崎弁で親しそうに言っていた。

若造の丸井に痛め付けられるのが悔しくて、私に庇ってもらいたかったのかもしれない。だが私

は、それから程なく再入院したので、惜しくも彼を庇ってはやれなかった。おそらく丸井は、終戦と同時に補充兵たちから袋叩きに遭ったかもしれない。こういうことは、終戦直後によくあったことだった。

ところで、温浴マッサージに通院していた私は、一向に症状が回復せず、五月になってから、海兵団の医務室で、レントゲン写真を撮ってもらった。その結果、再び佐世保海軍病院へ逆戻りすることになった。

本来なら、五月一日に私は二等工作兵曹に任官していたので、ばりばり勤務に励みたいところだったが、何しろ利き腕である右腕が思うに任せず、惜しくもそれも適わなかった。しかし、殺風景な海兵団から再び病院へ逆戻りすると、懐かしい古巣に戻って来たような気持ちの安らぎを覚えていた。

私が入れられた病室には、戦傷患者ばかり収容されていた。それも全く治療を要さない廃疾者ばかりで、後は現役免除か召集解除の診断が下されるのを待っているだけだった。もちろん私も、初めからその対象として送り込まれたのだった。しかし私は、初めはそんなことなど夢想だにしていなかった。しばらく療養して症状が回復すれば、再び現役に復帰させてもらえるものと思っていた。せっかく志願して入籍して、命からがらの目に遭って、やっと下士官に任官したばかりの私は、志半ばにして退役などしたくなかった。しかし日本が敗北したので、どのみち日の目は見れないのであった。

私が入っている病室には、一期後輩の稲垣兵長が療養していた。彼は戦闘中、飛来した敵弾の破片でふぐりを撃《う》ち砕かれ、二つあった黄金の玉の一つは砕けてなくなって、一つだけになっているということであった。

つまり『カタキン』になっていたのだった。

彼は私が入院して間もなく、廓街の娼妓で男性としての機能をテストしてみるために、一夜の外泊が許可された。テストの結果は、娼妓に証明してもらって来るようにと軍医に言われていた。もしテストの結果がよければ現役に復帰させるということであった。

そして翌朝、九時過ぎに帰院した彼は、

「駄目だったァ」

と照れ臭そうに頭を掻いていた。

つまり、不性交だったというのであった。結局、それから間もなくして彼は現役を免除されて退院して行った。しかし、実際に駄目だったのかどうかは、娼妓と彼にしか分からないのであった。

これに類似したケースは、かつて大村海軍病院でもあった。彼もやはり私の一期後輩の現役兵で、戦闘中に飛来した敵弾の破片で、右手の親指の筋を切って動かないと言って、病院ではずっとゴムバンドを手首から親指に巻いていた。それが、現役を免除されると、ゴムバンドを外して退院して行った。

稲垣が退院して行くと、それまで彼が担当していた甲板長を、私が引き継いだ。甲板長といえば聞こえはいいが、患者長の補佐役で、新たに入院して来た患者のベッドの世話や、食事の世話などをするのであった。この病室の患者たちの食事は、それぞれの症状によって普通食と栄養食に分かれていて、ほとんどの患者は普通食の麦飯だった。しかし栄養食は米の飯で、しかもおかずも栄養豊富な料理が付いていた。それを看護婦さんに連絡して世話するのであった。もともとこの仕事は、看護婦さんたちの役目だったのが、いつからともなく甲板長である私の受け持ちになっていた。しかし、その反面、役得もあった。

私も本来は麦飯であった、しかし役得で、栄養食を常食にしていた。看護婦さんたちが機転を利かせて私のを余分に烹炊所へ頼んでくれるのだった。その代わりに、彼女たちの仕事を私は手伝っていた。彼女たちの仕事を私が気さくに手伝っていると、彼女たちは調子に乗って病室の一切のことを私に任せていた。そして、時には私のベッドに雑談しに来ていた。私の気心が知れると、屈託のない顔付きで戯れかかって来ていた。

佐世保海軍病院に勤務している看護婦さんたちは、その大半が、直接、病院で雇用した若い看護婦さん（略して定看と言った）たちばかりだった。ことに私が療養している病室には、定看さんたちばかり勤務していたので、私には恰好の話し相手であった。

病院には、たまに海兵団から病院連絡係の下士官が、患者たちの用向きなど聞きに来ていた。そんな時は、甲板長の私は卵を与えていた。すると下士官は、海兵団では卵なんか拝むことすら出来ないので、喜んでぺこぺこ頭を下げて帰って行った。

私が再入院していた五月中旬のある夜半に、佐世保市が空襲された。それより以前にも、私がまだ温浴マッサージに通院していた時、佐世保海軍工廠が爆撃され、多数の死傷者が出ていた。負傷者は直ちに佐世保海軍病院へ運ばれて来た。

これより先、昭和二十年二月にはアメリカ海軍の機動部隊が硫黄島を占拠していたので、それからさらに、日本本土への空襲が激しくなっていった。

その夜は、空襲警報のサイレンも鳴らずに不意に病院の外が昼間のように明るくなったので、寝ていた私が驚いて窓から病院の外を見ると、照明弾が一個、花火のように美しい光を放ってふわふわ浮かんでいるのが見えた。それからそ間もなくして、激しい爆撃音が病院まで轟いてきた。その夜もやはり海軍工廠が爆撃目標のようだった。爆撃目標を照明するため投下した照明弾が、風に流されて病院の上空まで流れてきたのであった。

患者たちは照明弾の光の美しさに見とれ、退避するのも忘れていた。

その夜の空襲で、海軍工廠と市内の各所が甚大な被害を蒙った模様であった。それでも幸い病院には被害はなかった。その後も、長崎市や佐世保周辺には、しばしばグラマン戦闘機が飛来し、銃撃を浴びせて飛び去っていた。

そして六月二十三日には、沖縄がアメリカ海軍に占拠されてしまった。沖縄を占拠したアメリカ海軍が、次に狙っているのは九州と考えられた。そのため、婦人たちや女学生の皆さん方は、本土決戦に備えて竹槍の稽古に励んでいた。ちなみに竹槍というのは、長さ二メートルほどの細い竹の先を切り尖らせたもので、これでアメリカ軍の科学兵器に立ち向かうというのであった。

日本軍の偉い人たちも、突飛なことを考え付いたものであった。

この頃すでに佐世保海兵団には、小銃さえ払底していたらしく、私が療養所から戻って来た時、工作科では長さ一メートルぐらいの細い鉄パイプで小銃を試作していた。しかし完成することなく、工場の片隅に錆付かせて放置してあった。

あながち佐世保海兵団だけではなかった。海軍全体が艦艇はもちろん、武器弾薬にまで事欠いていた。飛行機もベテランの搭乗員もことごとく喪失し、士官服を着せた青二才の搭乗員たちをなけなしの飛行機に乗せて参戦させていた。しかし敵艦に体当たりしても、全く戦果も上げることなく、貴重な飛行機を喪失するだけであった。それが、日本海軍の終焉を迎える直前の実態であった。そして、やがて日本海軍は、アメリカ海軍の前に手を上げることになるのであった。

現役免除

昭和二十年六月二十五日付けをもって私は現役を免除されることになった。私の他に、私より年長の、召集の二人の下士官が兵役を免除されることになった。

ちなみに、現役免除の場合は、現役は免除されても、兵籍は残っているので、再び召集される可能性があった。しかし、兵役免除の場合は、完全に兵籍を抹消されてしまうので、召集もされないのだった。もっとも、やがて日本軍隊はポツダム宣言受諾にて、武装解除されてしまうので、現役免除も、兵役免除もなかった。

私たちが退役する日の朝、海兵団から特務大尉が病院へ退役の伝達書を持参した。彼は病院の前庭に整列している私たちに、退役を伝達すると、

「みんなは現役は免除されても、再び現役に復帰してもらうことがあるかもしれないから、その心構えでいるように……」

と言った。

おそらく特務大尉は、よもや日本軍が敗北するなどとは、夢想だにしていなかったのかもしれない。いや、あながち彼だけではなかった。戦況を知らなかった庶民たちは、よもや神国日本が敗北

するとは、予想もしていなかった。やがて神風が吹いて日本軍が勝利を収めると固く信じ切っていた。

大尉の伝達が終わると、私たちはそのまま病院の搬送車で佐世保駅まで送ってもらった。私は海兵団に寄って同年兵の丸井や同県人の補充兵に挨拶したいと思ったが、車を止めてもらうのも気の毒だったので、そのまま駅へ直行した。

間もなく駅へ着いて、駅の警備をしていた憲兵に帰郷証明書を示すと、憲兵は、

「ほうっ、現役免除ですか、好いですなァ」

と羨ましそうにしていた。

当時の軍隊では兵隊たちに恐れられていた憲兵でも、やはり軍隊勤務は嫌だったのかもしれない。

一人の退役兵は帰省する方角が違っていたので、挨拶を交わして帰省する方角の列車に乗った。私は同県人の下士官と、長崎行きの列車に乗り込んだ。やがて列車が走り出して、しばらくすると、私と対面して腰を下ろしていた彼は、

「木村兵曹、私の家は稲佐町ですから、落ち着いたら、遊びに来て下さい」

と表情を和ませていた。

召集兵だった彼の表情には、軍隊から解放された安堵感が滲み出ていた。しかし私は、あわよくば将来、海軍で身を立てようと思い立って敢えて戦争の最中に志願して入籍したので、やはり一抹

の寂しさは禁じ得なかった。が、どのみち日の目は見れないのであった。

　やがて列車は諫早駅に到着した。そして、一連の乗降客が姿を消したホームに、濃紺の制服を着た看護婦さんの姿が目に留まった。病院では制服を着た看護婦さんの姿はさして珍しいことではなかった。しかしこんな場所での制服の看護婦さんの姿は異様に映った。私が奇異な眼差しで、ぼんやり看護婦さんの姿を眺めていると、列車が走り出す寸前に、ひょいと顔を振り向けた看護婦さんの視線と私の視線が合致した。

「あっ、四ノ宮さん！」

「あらっ、木村さん」

　二人が声をかけ合ったのは、ほとんど同時だった。

　私は偶然の出会いに驚いていた。あたかもドラマのような出会いだった。もう少し早く気付いていたら、下車して言葉なり交わすのだったのに、と私は地団駄踏んで悔しがっていた。

　大村駅に停車した際に、私は彼女のことを思い出して、下車してお世話になったお礼を言いたかったのだが、同乗していた下士官の手前つい下車しそびれてそのまま通過した。しかし、よもやこんな場所でお逢いするなどとは、私は夢想だにしてなかった。

　徐行し始めている列車の窓から、私は身を乗り出して、

「お元気でしたか？　惜しくも私は大村には帰れませんでした。病院では何かとお世話になりまし

て……」

大村海軍病院でお世話になったことに私は頭を下げていた。

本来だったら、再び大村海軍病院へ戻って彼女にだけでなく、私が接骨手術した際に、何かとお世話して下さった前田さんや、その他の第一外科病棟の看護婦さんたちにお礼を言いたかったのだが、軽快退院で佐世保海軍病院へ追い出されたので、惜しくも、それも適わなかった。

「今日は、どうしてここへ……?」

私が訊ねると、四ノ宮さんは、

「患者さんを迎えに来たのです」

と心なし寂しそうに低い声で言った。

「あァ、そうですか」

私はそう言いながら、もっと早く気付いていればよかったのに、と惜しく思っていた。

「さよなら」

と四ノ宮さんは軽く頭を下げた。

「さよなら。お元気で……」

二人を引き離すように、スピード・アップして走り出した列車の窓から、私は身を乗り出して、四ノ宮さんの姿が見えなくなるまで手を振り続けていた。

それからすでに半世紀余も過ぎてしまった今でも私の脳裡には、諫早駅のホームに佇立している四ノ宮さんの面影が、はっきり焼き付いている。

もし出来ることなら、せめてもう一度なりお逢いしてみたいものと思うけれど、もはや今となっては、しょせん儚い夢である。

それに前田さんや、チヤ子さんにもお逢いしてみたいと思うが、しょせんこれも適わぬ鯉(恋)の瀧登りである。

あとがき

海軍に憧憬していた私は、両親には内密に、敢えて戦争の最中に志願して入籍しました。

しかし入籍はしたものの、新兵教育の時の苛酷な訓練に、私は幻滅の悲哀を感じ、志願したことをいささか後悔したのも紛れもない事実でした。わけても私たちの教班長だった松尾熊次上等工作兵曹の教育は、言葉に言い尽くせないほど厳しく、なぜこうまで厳しく教育しなくてはいけないのだろうか、と私は疑問にさえ思っていました。

執銃訓練の時は、小銃の操作が悪いと鼻を小銃でど突かれて、鼻血を噴き出した新兵もいました。

カッター訓練の時は、オールの漕ぎ方が悪いと樫の棒で頭をど突かれて、頭に瘤の山を築き、銃剣術の訓練の時は、動作が鈍いと広い練兵場を、ぶっ倒れるまで駆け足させられたりしました。

工作学校を終えて艦に乗り込めば、今度は古参兵どもが、牙を剥いて待ち構えており、しこたまいびられました。

また、私が艦に乗り込んでいた際に、ある下士官に聞いた話によれば、わずか二、三年しか海軍の飯を食ってない洟垂れ士官どもが権力を笠に着て、十年余り海軍の飯を食っている古参の下士官たちを私室へ呼び集めて、バッターで半殺しの目に遭わせたこともあったそうでした。

傍目には、さもスマートに映ったいたが、これが、かつての海軍の実態であった。

なお、ここで海軍の軍人の階級を記載しておきますと、二等・一等・上等兵・兵長・二等・一等・上等兵曹・兵曹・兵曹長（准士官）・少・中・大尉・少・中・大佐・少・中・大将となっていた。しかし将官には、海軍大学を出ていなければなれなかった。大学を出ても、将官になれない大佐は掃いて捨てるほどいた。なお大将の上に元帥がいたが、これはいわば称号であった。しかし元帥の称号は、容易に与えられなかった。だから日本海軍で元帥の称号を与えられたのは、東郷大将と山本大将だけだった。

なお特務士官（兵から叩き上げの士官）は大尉で行き止まり。せいぜいなれたにしても少佐まで、それから上にはどんなにじたばたしても絶対に進級することは出来なかった。

木村　勢市

また、この本の出版に当たりまして、文芸社編集部の江川様に多大のご指導を戴きましたことを心より厚くお礼申し上げます。

著者略歴

木村勢市（きむら　せいいち）

本名　木村伊勢市
大正十一年一月十五日長崎市生
七十八歳　無職
大阪市東住吉区鷹合二ー一ー二五ー三二三
☎ 06ー六六〇八ー二六八五
高等小学校卒（専検一部合格）
昭和十七年五月一日志願兵として佐世保海兵団入団。
昭和十八年一月久里浜海軍工作学校卒業軍艦君川丸乗り組み北方戦線出撃。同年六月五二一水上機基地勤務。
昭和十九年一月山陽丸乗り組み南方戦線出撃、同年六月負傷。
昭和二十年六月二十五日兵役免除。
海軍二等工作兵曹
戦後　アメリカ空軍基地勤務
昭和三十五年三月—五十一年一月—福徳相互銀行　勤務
昭和五十三年二月—五十六年十一月—協立建物 KK　勤務

以上

私の海軍体験記

2000年 9 月 1 日　　初版第 1 刷発行

著　者　木村勢市
発行者　瓜谷綱延
発行所　株式会社文芸社
〒112-0004　東京都文京区後楽2-23-12
電話　03-3814-1177（代表）
03-3814-2455（営業）
振替　00190-8-728265
印刷所　株式会社エーヴィスシステムズ

ISBN4-8355-0568-9 C0095